AF391701

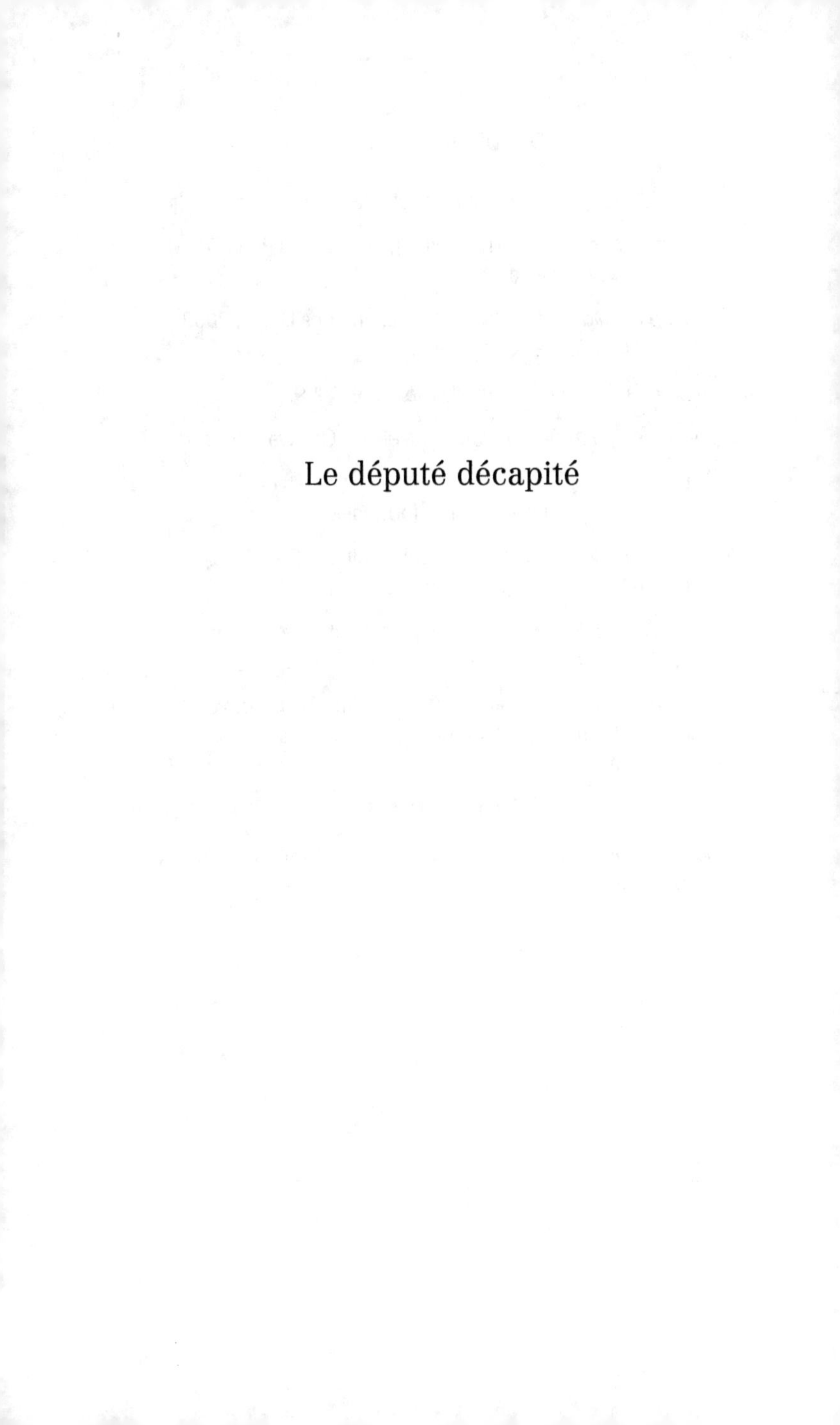

Le député décapité

DU MÊME AUTEUR

Romans et nouvelles

R.I.P. Histoires mourantes (nouvelles), Ottawa, Éditions David, 2009, coll. « Voix narratives ».

Ainsi parle le Saigneur (polar), Ottawa, Éditions David, 2006, coll. « Voix narratives et oniriques ».

Le cri du chat (polar), Montréal, Triptyque, 1999.

Le perroquet qui fumait la pipe (nouvelles), Ottawa, Le Nordir, 1998.

Livres pour la jeunesse

Un moine trop bavard (polar), Ottawa, Éditions David, 2011, Coll. « 14/18 ». Prix du livre d'enfant Trillium 2013.

On fait quoi avec le cadavre ? (nouvelles), Ottawa, Éditions David, 2009, Coll. « 14/18 ».

Ainsi parle le Saigneur (polar), Ottawa, Éditions David, 2007, Coll. « 14/18 ». Prix des lecteurs 15-18 ans Radio-Canada et Centre Fora 2008.

Ouvrage traduit

In the Claws of the Cat (polar), Toronto, Guernica Editions, 2006. Traduction de *Le cri du chat*.

Claude Forand

Le député décapité

POLAR

David

Catalogage avant publication de Bibliothèque et Archives Canada

Forand, Claude, 1954-, auteur
    Le député décapité / Claude Forand.

(14/18)
Publié en formats imprimé (s) et électronique (s).
ISBN 978-2-89597-431-4. — ISBN 978-2-89597-482-6 (pdf). —
ISBN 978-2-89597-483-3 (epub)

    I. Titre. II. Collection: 14/18

PS8561.O6335D47 2014   jC843'.54   C2014-905528-5
                                     C2014-905529-3

Les Éditions David remercient le Conseil des arts du Canada, le Secteur franco-ontarien du Conseil des arts de l'Ontario, la Ville d'Ottawa et le gouvernement du Canada par l'entremise du Fonds du livre du Canada.

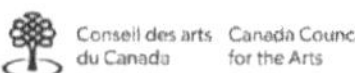

Les Éditions David
335-B, rue Cumberland, Ottawa (Ontario) K1N 7J3
Téléphone : 613-830-3336 | Télécopieur : 613-830-2819
info@editionsdavid.com | www.editionsdavid.com

À mon neveu,
Nicholas Forand

Le pouvoir corrompt. Le pouvoir absolu corrompt absolument.

Lord ACTON, historien et philosophe anglais du XIXe siècle.

1

– Mesdames et Messieurs, j'ai l'honneur de vous présenter notre futur premier ministre, le député d'Estrie-Sud, Marc-André Plamondon !

Dans la grande salle de l'hôtel Impérial de Chesterville, le plancher tremble sous un tonnerre d'applaudissements. Les quelque 250 personnes présentes accueillent avec enthousiasme le populaire politicien.

Marc-André Plamondon surgit de derrière le rideau en saluant de la main et s'avance vers le podium. À 42 ans, il est grand, athlétique et possède une belle assurance. Ses mains moites serrent un document chiffonné, qu'il a lu et relu maintes fois. Cet ancien ministre du gouvernement en place a démissionné avec fracas de son poste six mois plus tôt. En ce mercredi soir, il est venu annoncer à ses partisans la fondation officielle d'une nouvelle formation politique de droite : le Parti des libertés individuelles du Québec, le PLIQ.

Pendant que la clameur dans la salle gronde comme une vague gigantesque, le politicien passe la main dans son abondante chevelure blonde. Il sourit à la foule, puis se tourne vers son adjoint politique, Philippe Soubrier, pour lui murmurer quelques mots à l'oreille.

Les participants se sont assis, le bruit s'est calmé. Le grand moment tant attendu est enfin arrivé...

Du haut de son podium, le député Plamondon domine maintenant toute la salle. Il prend quelques longues respirations. Dans les assiettes encore sur les tables, les relents du bœuf bourguignon médiocre servi au souper lui montent aux narines. Dans la première rangée, Philippe Soubrier s'est installé à portée de voix de son patron, à la façon d'un souffleur au théâtre. Olivier Tourangeau, le chef déchu d'une coalition de droite qui a récemment fusionné avec le PLIQ, est au fond de la salle. Au fond également, le député Plamondon note la présence discrète d'un homme sans expression, au manteau noir et aux cheveux gris, le même qui assiste à toutes les réunions du PLIQ depuis des semaines. Un homme qu'il a souvent aperçu dans son entourage, depuis sa démission comme ministre. Certains collègues du député croient qu'il s'agit d'un « espion » à la solde du gouvernement.

— Mes amis...

La clameur s'élève à nouveau, mais Marc-André Plamondon la brise cette fois d'un geste de la main.

— Mes amis, nous vivons ce soir un moment historique ! La fondation du PLIQ vient changer radicalement le paysage politique au Québec. Désormais, nous offrons à la population une autre option : celle de reprendre le contrôle de nos institutions comme citoyennes et citoyens. Le gouvernement occupe une trop grande place dans nos vies. Mon parti, votre parti, le PLIQ, préconise une présence moins grande de l'État! C'est ça, le programme que nous proposons, mes amis!

Ces dernières paroles sont accueillies par une ovation monstre.

Pendant son discours, un brouhaha distrait le député Plamondon. Derrière les projecteurs puissants, il voit quelques individus criant dans sa direction.

— Dehors le PLIQ! Dehors les idées fascistes! hurle l'un des agitateurs, en brandissant le poing dans les airs.

Les quelques agents de sécurité ont tôt fait de chasser les opposants de la salle.

Le politicien en profite pour se ressaisir et lance à la foule :

— Les esprits s'échauffent, on dirait! Quelques députés du gouvernement en place ont déjà indiqué leur intention de joindre les rangs du PLIQ. À la place du premier ministre, moi aussi je serais nerveux ce soir!

La blague contribue à détendre l'atmosphère dans la salle et le politicien poursuit son envolée oratoire.

— Personnellement, mes amis, je vous avoue que ma charge de ministre a été mon chemin de Damas. C'est là que j'ai changé d'attitude, en voyant que le gouvernement s'ingère tellement dans nos vies qu'il contrevient carrément à nos libertés. Prenez simplement les pneus d'hiver. Il n'y a pas si longtemps, personne n'était forcé de les installer sur sa voiture. Maintenant, vous êtes hors-la-loi si vous résistez! Ensuite, ce sera quoi? Tout cela, au détriment de notre liberté d'action, mes amis! C'est ça que vous voulez?

Dans la première rangée, Philippe Soubrier suit le discours de son patron ligne par ligne. Ses épaisses lunettes sont fixées à quelques centimètres seulement de son texte. Il hoche nerveusement la tête à chaque phrase.

Le député Plamondon consulte l'horloge au fond de la salle, qui marque 21 h 24. Son discours, répété des dizaines de fois, se déroule de la façon prévue. La foule est en adulation devant lui. Il pense soudain à sa femme, Élise, qui n'est pas dans la salle ce soir. Elle lui avait fait toute une scène quand il lui avait brutalement annoncé qu'il quittait son poste de ministre il y a six mois. Le *standing* de madame en avait pris tout un coup!

– Mes amis, à compter de ce soir, tout va changer avec le PLIQ. Alors je vous dis : vive le Parti des libertés individuelles du Québec! Vive le PLIQ!

Cette fois, l'agitation monstre dans la salle a repris. Des dizaines de participants s'approchent du podium pour tenter de serrer la main du populaire politicien. C'est la cohue. Des agents de sécurité forment un cordon serré autour de lui pour lui permettre de quitter l'estrade en toute sécurité.

Dans une petite pièce attenante, une brochette de journalistes attend impatiemment la conférence de presse. Le politicien arrive sous les flashes des appareils photo et l'éblouissement des projecteurs de la télé. Après avoir repris pendant une vingtaine de minutes l'essentiel de son discours, il les salue et quitte précipitamment la salle. Quatre agents l'escortent jusqu'au troisième étage de l'hôtel Impérial.

Marc-André Plamondon referme la porte de la chambre 309 en poussant un énorme soupir.

Sa montre indique presque 22 heures. La soirée a été réussie, mais épuisante. Il s'assoit sur le bord du lit et enlève ses souliers. La porte de la salle de bain est entrouverte et une lumière tamisée filtre légèrement.

— Alors, mon chéri, tout s'est bien passé ?

— Oui, mais je suis tellement fatigué…

La porte s'ouvre et une femme en sort, adoptant une pose aguichante. Elle porte un déshabillé mauve mettant en valeur ses formes généreuses et son parfum envoûtant envahit la chambre. Elle s'avance près du lit et pose délicatement son index sur les lèvres du député.

— Fatigué, hein ? Tu devrais me laisser faire, mon pauvre chéri. J'ai fait monter du champagne…

Il se laisse tomber sur le dos, pendant que sa compagne commence à le dévêtir, en le caressant sensuellement.

Soudain, la sonnerie de son cellulaire retentit dans la poche de son veston. Le député se dégage et saisit l'appareil.

— Merde, c'est ma femme ! J'avais promis de l'appeler après mon discours. Désolé ma chérie, mais je dois prendre l'appel.

Il regarde sa compagne d'un air impatient. Celle-ci retourne à contrecœur dans la salle de bain, emportant avec elle une coupe de champagne et claque la porte.

Le politicien prend lui aussi une coupe et revient s'allonger sur le lit. Sa voix est impatiente au téléphone.

— Oui, Élise, évidemment que je suis satisfait de ma soirée ! Oui, que je te dis ! Les principaux bailleurs de fonds étaient dans la salle. Ils ont compris notre message. C'est important si on veut amasser de l'argent pour le PLIQ. Où je suis maintenant ? Eh bien, je suis... je suis encore à l'hôtel avec mon adjoint, on fait le bilan de la soirée. Philippe prétend qu'on pourra probablement présenter des candidats dans toutes les circonscriptions. Alors, ne m'attends pas, car je vais rentrer tard et...

Allongé sur le côté, la tête sur l'oreiller, Marc-André Plamondon cesse soudain de parler et se met à renifler à plusieurs reprises. Une forte odeur de chloroforme vient d'envahir la chambre. Au même moment, une ombre gigantesque se profile sur le mur devant lui et une main se referme sur sa bouche. Effrayé, le député tente de se redresser, mais ressent soudain une douleur atroce à la gorge. L'instant d'après, son cellulaire tombe sur le tapis.

*   *
*

Installé au fond d'une banquette à la brasserie Versejoie de Chesterville, le sergent-détective Roméo Dubuc surveille depuis un bon moment déjà une femme assise au bar. Une jolie brunette, la quarantaine avancée, dans un tailleur beige de qualité. Probablement une femme d'affaires, qui semble déplacée dans un tel endroit. On dirait une rose perdue dans un champ de pissenlits, se dit-il. Au début, elle croisait et décroisait rapidement les jambes sous son siège, en signe d'impatience. Puis, son attitude déçue en prenant un appel sur son cellulaire a confirmé à Dubuc que l'homme qu'elle attendait ne viendrait pas. Un amoureux, peut-être ? C'est alors qu'elle a commandé son troisième verre de vin. Dubuc a ensuite noté les manœuvres de séduction du jeune barman, mais la femme a croisé les bras en guise de refus. Pour l'instant, elle semble se demander si elle doit rester ou partir.

— Vas-y, Roméo ! Ça fait 20 minutes que tu la lâches pas des yeux !

Son collègue détective de longue date, Lucien Langlois, l'encourage à foncer. Manon Pouliot, la journaliste de l'hebdomadaire local, est attablée avec eux.

— Veux-tu refaire ta vie ou rester veuf à jamais ? demande Langlois.

Dubuc est mal à l'aise.

— Un autre jour, peut-être. D'ailleurs, il est tard, je devrais partir.

Il prend ses affaires et s'extirpe difficilement de la banquette en raison de sa corpulence.

Son départ alerte l'agent Jeff McAdam, l'organisateur de la soirée. Il s'approche et sa voix trahit un sentiment de panique.

— Minute Roméo, tu vas pas nous faire ça ! On l'a organisée pour toi, cette soirée-là. Après tout, c'est pas tous les jours qu'on fête 30 ans de service dans la police !

Pour toute réponse, Dubuc s'empare d'une poignée d'arachides qu'il avale une à une, hésitant à se laisser convaincre. Une dizaine d'autres collègues de la Sûreté du Québec, détachement de Chesterville, occupent des tables voisines.

Au même instant, le détective Bruno Jutras s'approche et murmure :

— Aie, Dubuc, viens voir ça une minute…

Le détective se dégage brusquement. Il connaît bien la réputation de Jutras, un spécialiste des farces plates. Mais l'autre lui murmure quelque chose à l'oreille. Dubuc semble alors se radoucir un peu. Les deux hommes quittent la salle principale de la brasserie Versejoie. Au fond du corridor, ils entrent dans une petite pièce sombre près des toilettes.

Jutras le fait alors asseoir sur une chaise au milieu de la pièce et s'apprête à poser un bandeau noir sur les yeux. Devant le refus de Dubuc, il insiste.

— Voyons Roméo, c'est juste une petite surprise pour ta fête. Laisse-toi faire un peu !

À contrecœur, Dubuc laisse Jutras serrer le bandeau sur ses yeux. Autour de lui, les lumières s'allument soudain et il entend les voix d'autres policiers du poste de Chesterville qui entrent dans la pièce. Bruno Jutras annonce :

— Roméo, on va jouer aux devinettes ! Tu ne vois rien, mais tu peux toucher. Alors, essaie de deviner ce qu'on te présente...

Au même instant, une jeune femme blonde en uniforme s'avance près de lui et colle presque sa joue sur celle de Dubuc.

— Alors Roméo, devine ?

Il pose sa main sur une épaule devant lui, puis sur une casquette.

— Euh, c'est une casquette... et d'après le parfum, je dirais... une femme !

— Excellent ! annonce Jutras. On continue...

Dubuc allonge la main et touche à un objet long et circulaire...

— Probablement une matraque de policier ?

Les blagues vulgaires autour de lui confirment qu'il s'est complètement trompé...

Maintenant, on lui met différents accessoires dans les mains : une chemise, un pantalon, une ceinture, des menottes, des souliers...

L'agitation et les rires augmentent. Dubuc a un mauvais pressentiment. Il arrache le bandeau sur ses yeux.

Devant lui, la jeune femme dans la vingtaine achève de se déshabiller. Elle est maintenant presque complètement nue, ne portant qu'une casquette de policier et un slip...

Dubuc se rend compte que Jutras a fait venir une effeuilleuse pour se moquer de lui. Il sort en coup de vent, heurtant au passage un collègue qui lui crie :

— Roméo, tu regarderas ça demain sur *You-Tube*, c'est super écœurant !

— Vous autres, ma méchante gang de malades !

Dubuc sent qu'il va exploser tel un volcan. Les autres policiers s'écartent de son chemin lorsqu'il fonce vers la porte pour quitter la brasserie. Au passage, il croise l'organisateur de la soirée, l'agent McAdam.

— Roméo, tu vas pas déprimer parce qu'une couple d'imbéciles viennent de te niaiser ! Reviens dans la brasserie, on va faire ça vite avec les hommages, c'est promis.

McAdam s'empare du micro. À cette heure, la brasserie est presque déserte, il reste surtout les participants à cette petite fête. Il s'adresse à eux, dans l'espoir de convaincre Dubuc de rester. Une serveuse vient d'apporter un énorme gâteau, qu'elle dépose sur une table au centre de la brasserie.

— Désolé de vous déranger, les amis. Sans plus tarder, je demanderais au patron du bureau de Chesterville, le lieutenant Marcel Simard, de nous dire quelques mots en hommage à Roméo.

Le lieutenant s'approche et prend le micro, relatant le travail sérieux de « son bon ami de toujours, le sergent-détective Dubuc ». Cependant, quelque peu pompette, il ne peut s'empêcher de raconter aussi des anecdotes gênantes à son endroit.

Ses commentaires ont peu d'effet sur le principal intéressé, qui s'est renfrogné depuis le sale tour de ses collègues. Il se tourne vers Langlois.

— Vois-tu Jutras quelque part dans la salle, l'enfant de nanane ?

— Je l'ai vu partir il y a quelques minutes.

Le lieutenant vient de terminer ses « hommages » qui ont laissé Dubuc un peu décontenancé.

L'agent McAdam a repris son micro et se promène dans la salle.

— Maintenant, je demanderais à un collègue de Roméo qui le connaît depuis 30 ans de nous dire quelques mots. J'ai nommé le directeur du poste de Compton, Richard Bérubé...

Surpris et peu intéressé, Bérubé tente de se défiler, mais l'organisateur lui met de force le micro dans les mains.

Dubuc chuchote à l'oreille de Langlois :

— Ayoye ! Bérubé va me passer dans le broyeur à viande ! Lui et moi, on étaient comme chien et chat aux enquêtes criminelles à Montréal !

Richard Bérubé se tourne vers son ex-collègue et lui sourit :

— Roméo, j'aimerais sincèrement remercier les organisateurs de la soirée de me fournir l'occasion, ici ce soir, d'exprimer toute mon admiration pour ta carrière impeccable. Pas beaucoup de personnes possèdent des qualités comme les tiennes : la persévérance, l'instinct de flic, la capacité de raisonner rapidement. On sait comment c'est important dans notre carrière ! Sois assuré que tu restes un modèle pour les jeunes détectives, Roméo, et je te souhaite encore de nombreuses années de bons et loyaux services dans la Sûreté !

Puis, McAdam reprend le micro pour lire un texte fastidieux dans lequel il relate les principaux jalons de la carrière de Dubuc. Quelques instants plus tard, celui-ci reçoit un appel sur son cellulaire. Son interlocuteur a une respiration haletante :

— Roméo, c'est Sylvain Carignan de l'hôtel Impérial. J'ai… je viens de trouver le député Marc-André Plamondon mort, la gorge tranchée dans la chambre 309. C'est épouvantable ! Faut que tu viennes tout de suite !

L'hôtelier raccroche brusquement.

Dubuc veut agir en vitesse, mais se ravise : il n'a pas envie d'avoir ses collègues, et encore moins la journaliste Manon Pouliot, sur ses talons avant d'avoir examiné la scène du crime. Il décide alors d'improviser…

— Bout de chandelle, déjà 11 heures et quart Lucien. On devrait y aller nous autres…

— Mais l'organisateur est en train de relater votre carrière ! chuchote Manon.

Dubuc fait une grimace, signifiant qu'il n'a pas le choix.

— C'était la veuve Bédard au téléphone. Son chat est encore grimpé dans un arbre.

Lucien Langlois éclate de rire.

— Tu diras à la veuve Bédard que…

— Alors, tu viens ou pas ?

Langlois devine que le ton sec de son collègue cache un mystère. Les deux hommes quittent la brasserie, à l'étonnement général.

Au milieu de la salle, l'agent McAdam interrompt la lecture de son texte et lance en direction de la journaliste :

– Mais où sont-ils partis ?

À court d'explication sensée, Manon Pouliot trouve seulement à dire :

– Apparemment, aider un p'tit minou à descendre d'un arbre !

2

Dubuc et Langlois arrivent à l'hôtel Impérial à 23 h 18 précises. Sylvain Carignan les attend impatiemment dans le hall d'entrée et les amène à son bureau près de la réception. Il referme la porte derrière eux et parle lentement, faisant des efforts surhumains pour éviter la panique...

— Roméo, je t'ai appelé directement parce qu'on se connaît depuis longtemps. J'aurais pu faire le 9-1-1, mais j'ai d'abord pensé à la réputation de mon hôtel. La discrétion s'impose, surtout que le député Plamondon a parlé ce soir devant plus de 200 personnes !

— Quelqu'un d'autre est au courant ?

— Pas que je sache. Le député était très proche de son adjoint Philippe Soubrier et d'Olivier Tourangeau, qui a fusionné son parti avec le PLIQ.

Dubuc s'impatiente.

— Conduis-nous au 309...

Les trois hommes empruntent discrètement un dédale de corridors et d'escaliers moins fréquentés de l'hôtel. Quelques minutes plus tard, ils parviennent au troisième étage.

Dubuc peine derrière eux. Les deux autres peuvent entendre sa respiration sifflante au sommet de l'escalier.

– Attendez une minute ! Mon lacet de soulier s'est... détaché !

Les problèmes cardiaques de son collègue inquiètent Lucien Langlois depuis plusieurs années. Dubuc a été hospitalisé à quelques reprises pour des ennuis d'angine de poitrine. Malheureusement, il a la fâcheuse habitude de banaliser tout ce qui concerne sa santé.

L'hôtelier déverrouille la porte.

– C'est moi qui ai découvert le corps. Quelqu'un tentait de joindre le député depuis une demi-heure. J'ai téléphoné, cogné à sa porte, pas de réponse. Quand j'ai ouvert, je l'ai trouvé mort sur le lit...

– Tu reconnais cette odeur, Lulu ? demande Dubuc, le nez en l'air.

– Du chloroforme...

Dubuc s'approche du cadavre sur le lit en partie défait. Le député Plamondon est étendu sur le dos, dans une mare de sang. Sa bouche est légèrement convulsée, comme s'il était mort au moment même où il s'apprêtait à dire quelque chose d'important. Le détective remarque son pantalon gris de bonne coupe et sa chemise blanche, souillée de rouge. Le nœud de sa cravate noire est légèrement desserré. Ses souliers fins italiens sont sur le tapis au pied du lit. Le contenu de sa coupe de champagne s'est répandu sur le drap. Mais c'est surtout la position irréelle de la tête du cadavre qui attire l'attention des deux policiers : on dirait qu'elle a été coupée, puis remise maladroitement en place comme sur un mannequin dans une vitrine de magasin !

Devant l'horreur de la situation, Langlois porte instinctivement la main à la bouche...

— Le député Plamondon était un homme intelligent, riche et populaire auprès des électeurs, mais maintenant...

— Maintenant quoi? demande son collègue.

— Il a été carrément décapité!

Dubuc, qui a surmonté le dégoût que cette scène lui inspire, s'efforce de procéder méthodiquement aux constatations d'usage.

— On pourrait croire que le tueur a d'abord chloroformé le député pour le neutraliser, avant de lui trancher la gorge d'un seul coup. Je ne constate aucun signe indiquant que la victime s'est défendue ou blessée. Et rien sous les ongles non plus. Autour du cou, la morsure du couteau est très nette et très violente.

Les deux policiers font le tour de la pièce, pendant que l'hôtelier secoué par sa macabre découverte reste en retrait dans l'embrasure de la porte.

Dubuc aperçoit un cerne humide sur le tapis près du lit. Il se penche péniblement, au son de ses genoux qui craquent. Il glisse un index sur la tache et le porte à ses lèvres.

— Pouah! C'est pas du champagne en tout cas. Plutôt du vomi...

L'enquêteur jette un coup d'œil sous le lit et aperçoit un téléphone cellulaire. Ses gros doigts manipulent maladroitement l'appareil.

— Tiens, d'après son téléphone, le député aurait reçu un appel d'une certaine Élise Maltais à 10 h 12 ce soir.

Toujours à genoux, il lance à l'hôtelier :

— À quelle heure le député est-il revenu à sa chambre ?

— Eh bien, il a terminé son discours vers 9 h 30. Ensuite, il a rencontré les journalistes pendant une vingtaine de minutes.

Dubuc fait mentalement le calcul.

— Ok, disons grosso modo vers 10 heures. Le député Plamondon aurait donc reçu cet appel téléphonique peu de temps après être revenu à la chambre. Qui est cette Élise Maltais ?

Resté dans l'embrasure de la porte, l'hôtelier lance :

— Sa femme, je pense. Dans la brochure du PLIQ, il y a une photo du député avec elle !

— Donc, le téléphone retrouvé sur le tapis pourrait indiquer que le député parlait avec sa femme juste avant d'être assassiné.

L'hôtelier a soudain un doute :

— Je suis pas détective, Roméo, mais il me semble que si Élise Maltais avait entendu son mari crier au meurtre au téléphone, elle aurait appelé la police, non ?

— Faudra vérifier, mais elle n'a probablement rien entendu. Le député a certainement été chloroformé avant de se faire trancher la gorge.

Dubuc tâte le veston de la victime et sort son portefeuille.

— Tout est là : ses clés d'auto, de maison, son portefeuille, sa montre aussi. Le vol ne semble pas être le mobile du crime.

Dubuc se déplace dans la pièce, ouvrant et refermant en succession des portes et des tiroirs de commode. Il s'approche aussi des fenêtres, dont il vérifie l'étanchéité. Puis, il se tourne vers l'hôtelier :

— Est-ce que des caméras de sécurité sont installées dans les corridors ?

     Le député décapité

– Non, parce qu'on a eu des problèmes par le passé. Certains clients les ont vandalisées pour ne pas risquer d'être reconnus lorsqu'ils repartaient avec de la marchandise volée. Ces caméras coûtent très cher à remplacer...

Depuis son arrivée dans la chambre, Langlois examine la position du cadavre. Quelque chose le trouble à coup sûr...

– Le député Plamondon n'était certainement pas étendu sur le dos comme maintenant quand il s'est fait attaquer. Sinon, il aurait vu arriver son agresseur, il se serait défendu...

– Bon point! approuve Dubuc.

Son attention est soudain attirée par la faible lueur qui se dégage de la salle de bain. Il demande à l'hôtelier s'il a déjà vérifié l'endroit.

– Non. J'ai constaté la mort épouvantable du député Plamondon et je suis ressorti de la chambre les pattes aux fesses pour t'appeler! Penses-tu qu'on peut éviter de mentionner que le meurtre a eu lieu à mon hôtel? C'est pas bon pour les affaires!

Dubuc entre dans la salle de bain et examine les lieux. L'humidité le saisit à la gorge.

– Quelqu'un a fait couler un bain ici récemment...

Une grande serviette de ratine bleue est suspendue à une barre murale. Dubuc la tâte : elle est encore mouillée. Il jette ensuite un coup d'œil dans la poubelle sous la vanité. Rien. Une coupe de champagne vide est sur le comptoir. Quelque chose de brillant attire soudain son attention sur le carrelage derrière la poubelle. Le détective enfile un mince gant de latex et allonge le bras pour saisir l'objet.

Un tube de rouge à lèvres...

— Si le député n'était pas avec sa femme ce soir, on dirait bien qu'il était quand même en agréable compagnie !

Dubuc tend l'objet brillant vers le plafonnier pour mieux l'examiner.

— C'est un rouge à lèvres, de marque Coco Chanel. Faudra chercher une escorte dispendieuse, on dirait, pas juste une pute de quartier...

— Tu crois que cette femme a quelque chose à voir avec le meurtre ? demande Langlois.

— Écoute Lulu, essayons de recoller ensemble les fragments du meurtre qu'on possède à l'heure actuelle : on sait que le député Plamondon a terminé son discours de fondation du PLIQ vers 9 h 30. Il a ensuite rencontré les journalistes, puis est nécessairement revenu à sa chambre avant 10 h 15, heure à laquelle il a reçu un appel de sa femme Élise Maltais. Une fois revenu à sa chambre, une autre femme l'attendait déjà, ou bien elle est venue le rejoindre peu après. D'après le téléphone de la victime, on sait aussi que la conversation avec Élise Maltais a duré moins de quatre minutes avant qu'il ne mette fin subitement à cet appel. On peut donc supposer, sans trop se tromper, que le député a été assassiné entre 10 h 15 et 11 h ce soir. Ça correspond à l'heure à laquelle Sylvain, ici présent, nous a téléphoné pour signaler sa macabre découverte. Donc, grosso modo, le meurtrier a disposé de moins d'une heure pour agir, ce qui me laisse croire que l'affaire ne pouvait pas être improvisée...

— Et pourquoi pas ? demande l'hôtelier avec curiosité.

          Le député décapité

— Parce qu'un meurtrier qui agit dans un délai aussi serré doit s'assurer que tout fonctionne comme sur des roulettes !

— Ou bien, il pourrait s'agir d'un tueur expérimenté. Quelqu'un qui ne commet pas d'erreurs, ajoute Langlois.

Dubuc examine à nouveau le mystérieux tube de rouge à lèvres.

— Mais qui peut bien être cette femme ? Est-ce qu'elle attendait le député à la chambre ou si elle est venue le rejoindre plus tard ? Personnellement, je crois qu'elle était déjà ici, ce qui expliquerait qu'elle aurait eu le temps de prendre un bain en l'attendant. On verra bien si le labo peut relever des empreintes.

Dubuc arpente maintenant la chambre à grands pas, sans cesser de regarder la victime. Au passage, il examine la bouteille de champagne sur la table de chevet.

— Du Veuve Clicquot, rien de moins ! Le député et cette fille ne se mouchaient pas avec des pelures d'oignon ! Lulu, faudra s'assurer que l'équipe technique examine aussi le contenu de la bouteille.

— Vous croyez que le député a été assassiné pendant qu'il était au téléphone ? demande l'hôtelier.

— Probablement. Pour se laisser surprendre ainsi sur le lit, il fallait nécessairement qu'il ait le dos tourné soit à la porte de la salle de bain, soit à la porte principale de la chambre. Pendant qu'il parlait au téléphone avec sa femme, on peut penser que la fille est allée dans la salle de bain. Par contre, elle était bien placée pour surprendre le député par-derrière.

– Ou encore, quelqu'un d'autre ayant une clé aurait pu entrer dans la chambre à l'insu de la victime, ajoute Langlois.

Un homme fait soudain irruption dans la chambre, bousculant au passage l'hôtelier près de la porte. En apercevant le cadavre sur le lit, il pousse un cri d'effroi et s'appuie sur le mur derrière comme s'il vivait un cauchemar éveillé. Ses yeux sont exorbités et il semble avoir de la difficulté à respirer.

– Marc-André, c'est pas vrai ! Merde, tu peux pas nous faire ça ! Pas maintenant !

L'homme serre les poings de rage et grince des dents. Des larmes coulent sur ses joues. Il doit avoir la quarantaine, mais son abondante tignasse et ses épaisses lunettes à monture de corne noire lui donnent l'air d'un étudiant d'université des années 1960.

– Qui êtes-vous ? demande Dubuc.

– Philippe… Philippe Soubrier. Je suis, j'étais, l'adjoint du député Plamondon ! Qui l'a tué ?

– On ne sait pas encore. Qui était la femme avec lui ce soir ?

– Élise était à la maison.

– Je parle d'une autre femme. Celle qui était avec lui dans cette chambre au moment de sa mort.

– Sérieux ? J'ignorais que Marc-André avait une …

– Qui vous a prévenu de la mort du député ? demande Dubuc.

– Personne. Je viens de discuter de stratégie politique avec Olivier Tourangeau et je voulais en parler à Marc-André. Pincez-moi quelqu'un, je dois rêver !

– Où étiez-vous entre 10 et 11 heures ce soir ?

— Moi ? Au bar de l'hôtel avec Olivier, je viens de vous le dire !

Dubuc prend quelques notes rapides dans son carnet, en soulignant les mots *Soubrier et Tourangeau entre 10 et 11 heures = au bar de l'hôtel.*

À cet instant, l'équipe technique chargée de passer la chambre au peigne fin arrive sur les lieux. Dubuc fait signe aux autres qu'il est temps de partir. En sortant, Philippe Soubrier prend discrètement le détective à part pour lui glisser à l'oreille :

— Avez-vous la valise ?

— Quelle valise ?

Cette fois, Soubrier semble faire des efforts surhumains pour se maîtriser. Les traits de son visage sont tellement déformés que Dubuc a l'impression qu'il lui fait une grimace. Il murmure à l'oreille du détective :

— Écoutez, quand le député Plamondon est remonté à la chambre ce soir, il avait une petite valise grise avec lui. *Elle contient tout l'argent pour la fondation de notre parti politique...*

— Combien ? demande Dubuc.

— 250 000 $ en argent comptant !

*   *

*

Le lendemain matin, Roméo Dubuc arrive vers 8 h au Centre d'entraînement Suprême, près du poste de police de Chesterville. L'abonnement d'un an est un cadeau de son collègue Langlois pour ses 30 ans de carrière. Objectif : perdre du poids. En temps normal, Dubuc n'y aurait jamais mis les pieds. Mais depuis quelques mois, le goût de refaire sa vie avec une nouvelle compagne agit comme un puissant incitatif sur son subconscient.

Vêtu d'un survêtement de coton ouaté gris flambant neuf, le policier contemple la salle bien équipée devant lui : à gauche, les bicyclettes, les elliptiques et les tapis roulants ; à droite, les machines d'exercice et les haltères ; et tout au fond, quatre ou cinq clientes matinales avec lesquelles il se promet bien d'engager sous peu la conversation...

Dubuc se dirige vers un tapis roulant, question de se réchauffer les muscles. Sur l'appareil voisin du sien, une jeune athlète dans la trentaine court comme si sa vie en dépendait. Pour l'instant, Dubuc règle l'intensité à 1,5 kilomètre à l'heure, l'équivalent d'une marche assez pépère. Mais 10 minutes plus tard, la monotonie s'installe. Il arrête la machine et se dirige vers la section des poids et haltères. Dubuc examine pendant plusieurs instants une barre équipée de deux poids de 20 kilos, avant de finalement tenter de la soulever maladroitement.

— Ayoye, mon dos !

L'un des instructeurs arrive en courant. Le détective est incapable de se redresser. Peu à peu, il réussit à se remettre en position debout, mais ressent de la douleur au bas des reins.

— Avez-vous consulté votre docteur avant de vous entraîner ? demande l'instructeur, soudain inquiet de la masse obèse qui s'agite devant lui.

Dubuc tente d'écarter cet intervenant gênant.

— Pas vraiment. Mais mon optométriste m'a toujours dit que c'était important de faire de l'exercice !

   Le député décapité

Le policier aperçoit soudain Manon Pouliot qui termine son entraînement et décide de l'inviter à déjeuner.

Installés au café du centre d'entraînement, tous deux avalent goulûment leurs œufs et bacon. Manon regarde le policier avec un air de reproche.

— Votre histoire de chat coincé dans l'arbre hier soir. C'était pas génial…

— Assez moche, hein ? Vérification faite, c'était plutôt un député décapité. Désolé, Manon, mais je ne voulais pas avoir toute la Sûreté du Québec sur le dos !

— Décapité ? Mais c'est épouvantable ! Le porte-parole de la Sûreté du Québec m'a raconté ce matin que le député Plamondon était mort dans des « circonstances tragiques » dans sa chambre d'hôtel, mais sans préciser. Est-ce qu'il était seul quand c'est arrivé ?

Dubuc avale lentement une rôtie au beurre d'arachide, le temps de réfléchir.

— Qu'est-ce que le porte-parole de la SQ t'a raconté au juste ?

— Eh bien, que le député était seul dans sa chambre.

— Bon. Alors, c'est qu'il était seul dans sa chambre…

Dubuc s'essuie les lèvres. L'enquête ne fait que commencer, alors mieux vaut être circonspect, se dit-il. Malheureusement pour lui, Manon a appris à lire sur son visage comme dans un livre ouvert. Et ce qu'elle voit présentement ne ressemble en rien à la vérité…

— Le porte-parole de la SQ m'a aussi raconté que vous aviez trouvé un tube de rouge à lèvres dans la salle de bain.

Dubuc est forcé de corroborer l'information. Manon se risque un peu plus...

— Écoutez Sergent Dubuc, voulez-vous que j'écrive dans le *Progrès de Chesterville* que le député Plamondon se mettait du rouge à lèvres ? Que c'était un travesti ou quelque chose du genre ?

— Bon, bon, d'accord, arrête ton cirque ! Il y avait fort probablement une fille dans la chambre avec lui, ok ? Mais c'est tout ce qu'on sait pour l'instant.

Manon n'entend pas lâcher le morceau aussi facilement...

— Et puis, il y a cette histoire de valise disparue. Deux collaborateurs du député me l'ont confirmée tôt ce matin au téléphone, avant que je vienne ici.

Dubuc patine à nouveau.

— Écoute, c'est apparemment une valise avec des documents importants pour le PLIQ. Elle a disparu après le meurtre et on la cherche toujours...

Cette fois, Dubuc décide de prendre le contrôle de la discussion pour éviter les questions embarrassantes.

— Dis-moi, c'est sérieux le nouveau parti du député Plamondon ?

— D'après ce qu'on en dit, le PLIQ représente l'évolution personnelle du député Plamondon. Quand il était ministre du Travail, il déplorait souvent que l'État intervenait trop dans la vie des citoyens. Au gouvernement, il ne s'est jamais gêné pour dire sa façon de penser, même au premier ministre !

— C'est pas la façon de se faire des amis en politique !

    Le député décapité

— Après trois ans au gouvernement, le député Plamondon a claqué la porte. Il a rassemblé quelques collègues qui pensaient comme lui. Ensemble, ils ont combiné leur vision pour fonder le PLIQ et redonner aux citoyens les droits individuels sur lesquels le gouvernement a empiété avec les années.

— Une sorte de « Robin des bois des libertés individuelles » ?

— Si vous voulez. D'après ce qu'on dit, le PLIQ risque de recueillir la sympathie de l'électorat désenchanté du gouvernement actuel, mais pas assez pour prendre le pouvoir aux prochaines élections.

— Et pourquoi pas ?

— Parce qu'une bonne partie du programme du PLIQ est irréaliste, Sergent Dubuc. Pensez-y trente secondes : si les politiciens croient qu'on peut revenir en arrière et que, sous prétexte de redonner des « libertés individuelles », on peut abolir le port obligatoire de la ceinture de sécurité en auto ou des trucs du genre, alors on rêve en couleurs ! Les réglementations municipales et provinciales ont beaucoup évolué depuis les années 1960, justement à la suite des enquêtes des coroners qui visaient à améliorer les mesures pour prévenir d'autres tragédies du même genre.

Dubuc approuve pour inciter la journaliste à continuer de parler. Il s'empare d'un immense muffin au chocolat, sur lequel il étend une épaisse couche de beurre.

— Comme policier, je suis bien d'accord, Manon. Si on donnait aux citoyens toutes les libertés voulues, ce serait l'anarchie dans la société. Monsieur veut brûler un feu rouge ? Fonce, mon bonhomme! Madame veut vider son restant de bidon d'essence dans le lac? Faut pas vous gêner, ma belle! C'est de l'inconscience sociale et c'est inacceptable! Mais ça n'explique pas pourquoi le député Plamondon s'est fait décapiter. *Décapiter*, bout de chandelle!

— C'est peut-être un message?

Mais Dubuc n'a pas entendu.

— Je veux interroger cette Élise Maltais dès que possible.

— Élise? Je la connais. Elle est impliquée dans plusieurs œuvres de charité à Chesterville. Vous la soupçonnez?

— Puisqu'elle parlait au téléphone avec son mari juste avant sa mort, elle n'est pas vraiment visée par l'enquête pour l'instant...

— Ah bon, parce qu'il y a des rumeurs qui courent depuis un certain temps...

— De quel genre? demande Dubuc.

— Bof, c'est pas à moi de vous parler de leurs problèmes de couple. Retenez seulement que ce n'était pas le bonheur parfait entre le député et sa femme.

Sur ces mots, Manon fait mine de partir.

— Quel genre de problèmes? insiste Dubuc.

— Élise Maltais a parfois été vue en ville au bras d'un autre homme...

— Qui?

— Olivier Tourangeau...

3

En fin d'avant-midi jeudi, Dubuc et Langlois se présentent au domaine du député Plamondon. La résidence cossue, de style traditionnel, est située à mi-chemin entre Sherbrooke et Chesterville, sur une route de campagne tranquille. Érigée sur une colline, la maison centenaire est entourée de conifères qui l'abritent des regards indiscrets de la route. Près d'une petite serre, les deux policiers remarquent un jardinier s'affairant à tailler des cèdres de façon minutieuse. Une rutilante Mercedes grise SL500 est stationnée devant la porte principale.

Dubuc ne peut s'empêcher de siffler devant autant d'aisance financière.

— Bout de chandelle! J'ai entendu dire que la femme du député est pleine aux as. De l'argent de famille, il paraît...

Dubuc sonne à la porte. Aussitôt, des jappements nerveux à l'intérieur sont suivis d'un bruit de pas. Une femme grande et mince, vêtue sobrement, vient ouvrir. Elle tient dans ses bras un caniche blanc miniature qui montre les dents.

— Madame Maltais? Je suis le sergent-détective Roméo Dubuc des enquêtes à la Sûreté du Québec et voici mon collègue Lucien Langlois. Désolé de vous déranger, mais on voudrait vous parler quelques minutes.

Après une longue hésitation, elle leur ouvre la porte.

— Je vous demanderais de faire vite, Messieurs. Vous devinez que je suis très bouleversée et j'ai beaucoup de préparatifs à faire pour les funérailles.

Les deux policiers traversent quelques pièces immenses et richement aménagées, qui semblent sorties tout droit du magazine *Décormag*. Élise Maltais les conduit jusqu'à la grande véranda à l'arrière de la maison, baignée de lumière par le soleil du midi. Elle leur désigne un fauteuil, puis s'assoit à son tour, sans cesser de flatter son caniche. Une carafe d'eau et quelques verres sont posés sur une table basse en acajou.

— J'imagine que vous avez ouvert une enquête pour trouver qui a assassiné aussi brutalement Marc-André ?

— Oui, Madame et nous allons faire tout notre possible pour...

Élise Maltais s'impatiente soudain et pose son chien sur le divan près d'elle.

— Marc-André savait très bien qu'il jouait avec le feu lorsqu'il s'est acharné à fonder le PLIQ ! La politique est sans pitié pour les empêcheurs de tourner en rond. Il aurait dû s'en douter, le pauvre idéaliste ! Mon mari était un Don Quichotte de la politique, Sergent ! Et voyez comment sa « croisade » pour redonner leurs libertés individuelles aux citoyens s'est terminée. De façon tragique ! Il s'est fait littéralement trancher la tête dans sa chambre d'hôtel !

Langlois s'étonne.

   Le député décapité

— On dirait que vous n'avez pas beaucoup de sympathie pour le Parti des libertés individuelles ? D'ailleurs, vous n'étiez pas avec votre mari à l'assemblée de fondation du PLIQ hier soir.

— Sachez que je n'ai jamais participé à la vie publique de mon mari, Sergent, même quand il était ministre. Surtout en campagne électorale. Je considère que les femmes de politiciens ne sont qu'un accessoire pratique avec lequel on tente de convaincre les électeurs mollasses de voter pour leur mari !

— Mais vous avez quand même des convictions politiques, non ? demande Dubuc.

— Évidemment et je ne les cache pas. Je viens d'une vieille famille libérale traditionnelle de Drummondville, Sergent, qui s'est beaucoup impliquée en politique. Mon grand-père a été ministre dans le cabinet de Jean Lesage et il a participé à la Révolution tranquille dans les années 1960. Marc-André et moi nous sommes rencontrés à l'Université Laval. Nous étions tous les deux actifs avec les Jeunes libéraux du Québec et notre amour de la politique nous a réunis. Malheureusement, les convictions politiques de mon mari ont changé radicalement ces dernières années. Il trouvait que le gouvernement s'ingérait trop dans la vie quotidienne des citoyens. Alors, il s'est intéressé à leur redonner plus de libertés individuelles.

— Vous ne l'avez pas appuyé, n'est-ce pas ?

— Pas du tout. En fait, j'ai insisté auprès de Marc-André pour qu'il arrête de me parler constamment de ses idées politiques tordues et de sa bande de tarés qui pensent la même chose ! Leurs discussions finissaient parfois par des chicanes dans des bars de la ville !

Élise Maltais éclate d'un rire nerveux. Dubuc profite de la diversion pour demander où sont les toilettes. La veuve Maltais pointe du doigt devant elle.

— Traversez le salon et tournez à droite.

Il s'exécute et revient quelques minutes plus tard, tentant de relancer la conversation.

— Vous parliez des chicanes de votre mari et de son équipe pour défendre leurs idées politiques. Est-ce que quelqu'un aurait pu lui en vouloir sérieusement au point de l'assassiner?

La veuve réfléchit un instant.

— Pas à ma connaissance. Par contre, je sais que Marc-André a déjà reçu quelques lettres de menaces, surtout de personnes opposées à sa vision politique.

— Récemment? demande Dubuc.

— Non. Il y a un certain temps déjà.

— Votre mari n'a jamais porté plainte?

Élise Maltais sourit avec une belle assurance.

— Non, et soyez assuré qu'il ne l'aurait jamais fait. Quand vous devenez une personnalité politique, c'est toute votre vie passée qui remonte tôt ou tard à la surface. Si vous avez déjà tripoté un soir la gardienne de vos enfants, si vous avez triché à votre examen final à l'université ou que vous avez laissé votre chien enfermé pendant deux heures dans l'auto au centre commercial, tout finit par se savoir! Avec les médias sociaux comme YouTube, Facebook et Twitter, la moindre bévue dans votre vie privée est étalée sans vergogne sur la place publique! Aucun politicien n'est à l'abri des scandales et mon mari le savait très bien…

Après cette dernière déclaration de la veuve, Dubuc décide de ne pas la confronter pour l'instant sur la présence d'une femme inconnue dans la chambre de son mari. Elle ne semble visiblement pas encore au courant, à moins qu'elle préfère le cacher. Dans l'immédiat cependant, il ne tient pas à laisser le contrôle de l'entrevue à la veuve Maltais.

— Dites-moi, le téléphone de votre mari indique que vous l'avez appelé à 10 h 12 hier soir.

— C'est exact. Je voulais savoir à quelle heure il allait rentrer. Nous n'avons pas parlé longtemps parce qu'il était en réunion avec son adjoint à l'hôtel Impérial.

Dubuc lance un regard rapide à Langlois, qui a saisi le mensonge du mari à sa femme. Depuis le temps qu'ils travaillent ensemble, les deux détectives sont comme un vieux couple : ils se comprennent sans avoir à se parler. Un simple froncement de sourcil leur suffit...

— Au téléphone, est-ce que votre mari vous a semblé normal ?

— Que voulez-vous dire ?

— Eh bien, sa voix, ses manières...

— Marc-André a brusquement cessé de parler au beau milieu d'une phrase et la conversation s'est arrêtée là, si c'est ce que vous voulez dire.

Dubuc s'agite sur sa chaise, excité de tenir enfin une piste.

— Exactement ! C'est ce que je veux dire ! Vous n'avez pas trouvé cela étrange ? Vous n'avez pas songé à appeler la police ?

Elle éclate d'un rire nerveux.

— Mais Marc-André était tout le temps comme ça, Sergent ! Si une idée intéressante lui venait pendant une conversation, il arrêtait de parler et me raccrochait au nez. Mon mari était le champion olympique du coq-à-l'âne ! Et le soir de sa mort, il a fait la même chose! Personnellement, je ne me suis doutée de rien.

Le téléphone sonne sur la table de salon devant eux. La veuve Maltais prend l'appel. Elle pince les lèvres en écoutant son interlocuteur. L'instant d'après, elle réplique froidement :

– Je vois. Si je comprends bien, le modèle gris est 3 000 $ plus cher, mais plus solide que le modèle beige. Par contre, vous dites que la finition intérieure est la même ? Alors parfait, ce sera le modèle gris. Préparez-le pour ce soir...

Elle raccroche.

– Une nouvelle voiture ? demande Dubuc.

– Non, le cercueil de Marc-André...

* *

*

Peu avant midi vendredi, Dubuc revient à son bureau et s'y enferme discrètement. Puis, il s'installe à l'ordinateur. Il a les mains moites...

– Bon. Mon Roméo, fais un homme de toi !

À deux doigts, il tape sur son clavier les lettres d'un site Web bien connu : *Opération Séduction*. L'instant d'après, la page d'accueil aux couleurs vives et aux photos aguichantes l'informe qu'il est « sur le site de rencontres le plus fréquenté au Québec – pour refaire sa vie et trouver l'âme sœur... »

Il allonge le cou pour s'assurer que personne n'approche dans le corridor. Après avoir ouvert son compte personnel, il s'affaire maintenant à remplir sa fiche de renseignements, celle que consultera justement « l'âme sœur » avant de lui répondre si elle est intéressée. Certaines questions sont générales, dont le nom, l'âge, l'état civil, la

profession, les loisirs, mais d'autres, plus personnelles, portent sur sa vie familiale, amoureuse,
sexuelle, etc. Après de fortes hésitations, son désir
de refaire sa vie amoureuse l'emportant, Dubuc
fournit tous les renseignements demandés. Puis, il
s'apprête à éteindre l'ordinateur.

— Zut, je devrais garder une copie de ma fiche
de renseignements !

Il fait imprimer le document puis ferme l'ordinateur. Quelques instants après, Langlois vient
le trouver. Il sort de sa poche une feuille pliée en
quatre et la glisse discrètement sur son bureau.
L'autre est en état de choc : son collègue vient de
lui remettre sa fiche de renseignements personnels
de l'agence *Opération Séduction*.

— Hé, c'est super confidentiel, mon vieux ! Où
as-tu trouvé ça ?

— Sur l'imprimante *dans le corridor*, Roméo !
T'es chanceux que j'aie mis la main dessus avant
n'importe qui d'autre au bureau. Imagine si Jutras
ou un autre imbécile l'avait trouvée avant moi !
Les gars sont assez crétins pour aller mettre ça
sur Facebook ! C'est toute ta vie privée qui est sur
cette feuille-là, Roméo, même le nombre de fois
que t'as pris du Viagra ! Essaye donc d'avoir plus
de cocologie à l'avenir !

— Je suis le roi des nonos ! J'avais complètement oublié que l'imprimante est maintenant dans
le corridor. Celle dans mon bureau a été débran-
chée il y a deux jours pour réparation.

— T'es distrait ces jours-ci, on dirait.

— C'est l'enquête, bout de chandelle ! Je pense
encore à la froideur avec laquelle la veuve Maltais nous a accueillis hier matin. Quelque chose
me dit qu'elle savait que son mari était avec une

fille le soir de sa mort. Elle se tait pour sauver les apparences, mais elle le sait, mon vieux. Je suis sûr qu'elle le sait...

Langlois est perplexe.

— Alors, comment l'aurait-elle appris ? La police n'a pas encore dévoilé cette information.

— Écoute, hier matin, quand j'ai été aux toilettes pendant notre visite chez la veuve Maltais, c'était un prétexte. En réalité, j'ai vérifié sur son téléphone de maison les appels reçus le soir du meurtre. Il y en avait un de l'adjoint du député, le dénommé Philippe Soubrier...

— Celui qui cherchait les 250 000 $ dans la chambre du député Plamondon ?

— Exact. Mais il y avait aussi trois appels d'Olivier Tourangeau, l'avocat qui a fusionné sa coalition avec le PLIQ. Et si cette valise pleine d'argent était le véritable motif du meurtre ?

— Pas tué pour des raisons politiques, mais peut-être monétaires ?

— C'est là où j'en suis pour l'instant, Lulu. Il faudrait que...

Du bruit dans le corridor. Des pas qui se rapprochent. Quelqu'un entre dans le bureau. Les deux policiers reconnaissent Philippe Soubrier.

— Dites donc, Soubrier, ça devient une mauvaise habitude, vous ne frappez jamais avant d'entrer ? demande Dubuc.

Mais l'adjoint du député l'entend à peine, car il semble paniqué, de toute évidence. Il enlève ses épaisses lunettes afin de mieux rassembler ses idées et s'assoit devant les deux hommes.

— Je suis sous le choc total depuis le meurtre, vous vous en doutez bien. Pour vous dire la vérité, je ne dors plus. Ce matin, j'ai demandé à mon

   Le député décapité

médecin de me prescrire des calmants. Vous rendez-vous compte de la tragédie qui vient d'arriver, Messieurs ?

Il gesticule nerveusement pour mieux appuyer ses paroles.

— Ce n'est pas un petit député de l'Estrie que la population vient de perdre. C'est surtout un homme d'envergure, un futur premier ministre ! Quelqu'un qui avait une vision politique et le courage de ses convictions. De nos jours, ça ne court pas les rues, croyez-moi !

Langlois, resté près de la porte, invite Soubrier à se calmer. Il dépose un verre d'eau près de lui.

— Qu'est-ce qui va arriver au PLIQ maintenant ? demande Dubuc.

Soubrier réagit nerveusement en prenant une gorgée d'eau.

— Quel drame ! Un parti si jeune et si plein d'idées formidables ! Il n'y avait que Marc-André pour nous mener à la victoire aux prochaines élections ! Maintenant, c'est foutu !

Dubuc s'assoit sur le coin du bureau devant Soubrier et tente de le calmer un peu.

— Je sais bien que le député Plamondon a fondé ce parti, mais qui pourrait lui succéder dans les circonstances ?

— Bizarre de question !

— Je suis certain que plusieurs sympathisants de votre parti doivent déjà se poser la question. Premier nom qui vous vient à l'esprit, vite !

— Olivier, évidemment !

— Pourquoi l'avocat Tourangeau ?

— Il avait accepté récemment de fusionner sa formation politique La Droite Unie avec le PLIQ, pour améliorer nos chances de l'emporter aux prochaines élections.

— Le député n'est plus là. Tourangeau peut devenir le grand patron maintenant, non ? renchérit Dubuc.

— En principe, oui, mais en pratique, Sergent, ce serait désastreux pour le PLIQ. Olivier est un excellent stratège politique. Il peut mettre en place tout un plan d'attaque pour remporter une élection. Mais il n'a pas l'étoffe d'un politicien. C'est un théoricien, renfermé dans sa coquille...

— Tourangeau et vous étiez très proches du député Plamondon. S'il n'est pas intéressé à prendre la relève, il ne reste donc que vous...

— Moi ? Vous êtes bien gentil, Sergent, mais je suis un intello pure laine ! J'ai étudié dix ans en sciences politiques à l'université. Ma thèse de doctorat portait sur le retour des libertés individuelles des citoyens en Russie, après la chute du régime communiste en 1991. J'ai commencé à travailler bénévolement à faire élire le député dans le comté. Avec le temps, je suis devenu son principal conseiller politique, voilà !

— Raison de plus, ajoute Dubuc. Vous êtes très compétent !

— Sergent, quand vous faites de la politique à la façon de Marc-André, ça accapare toute votre vie professionnelle, sociale et familiale. Moi, je suis resté un éternel étudiant. Après le travail, j'aime aller prendre une bière à la brasserie avec des amis, ou peut-être au cinéma. Quand vous êtes chef d'un parti politique, oubliez ça ! C'est fini, le cinéma ou le simple plaisir d'une promenade anonyme en public !

– Les gens de l'hôtel m'ont rapporté vous avoir aperçu sur les étages, pendant l'assemblée de fondation. Êtes-vous allé à la chambre du député ?

– Euh, non. Il nous manquait un câble USB pour faire fonctionner l'ordinateur et j'ai été en chercher un dans la petite salle du centre d'affaires, au troisième étage.

Soubrier se prépare à partir, mais se retourne au dernier instant.

– Vous n'avez toujours pas retrouvé cette valise avec l'argent du parti, hein ?

Langlois réagit brusquement.

– Dites donc, Soubrier, elle vous inquiète vraiment cette valise, on dirait ! Mercredi soir à la chambre d'hôtel, vous sembliez plus pressé de la retrouver que de faire arrêter le meurtrier du député Plamondon !

– Ne le prenez pas de travers, Sergent, mais cette valise contient 250 000 dollars ! C'est l'argent que nous avons recueilli jusqu'ici, non encore régi par la Loi électorale, en attendant les papiers de fondation officielle du parti.

– Non encore régi par la Loi électorale. En d'autres mots, de l'argent « sale »…

Soubrier s'aperçoit qu'il en a trop dit.

– Disons seulement que les reçus d'impôt n'ont pas encore été émis pour l'instant…

– Vous avez la liste des donateurs du PLIQ ? demande Dubuc. J'aimerais y jeter un coup d'œil…

Soubrier transpire abondamment.

– Tout l'argent recueilli jusqu'ici par le PLIQ provient d'une poignée de donateurs seulement. La liste n'est pas longue, car notre parti est encore jeune. Nous en avons seulement une dizaine. Récemment, le principal donateur a d'ailleurs voulu ravoir son argent, parce qu'il n'arrivait pas à s'entendre sur l'orientation que le député Plamondon voulait donner au PLIQ.

Dubuc perd patience. Il agite les mains devant lui pour inciter Soubrier à continuer.

— Et ce généreux donateur s'appelle ? ? ?

— Construction Accentuo.

Les deux policiers échangent un regard inquiet.

Le propriétaire de l'entreprise est Vincente « Vince » Lombardo.

Une figure connue de la mafia régionale...

* *
*

Après le départ de Soubrier, Manon Pouliot vient aux nouvelles. Elle dépose sur le bureau de Dubuc son café double sucre-double crème fumant et son beigne Tim Hortons.

L'attention du policier est concentrée exclusivement sur la bouffe. Il lève à peine les yeux lorsque Manon lui pose ses questions. Par expérience, la journaliste sait que c'est la meilleure façon d'éviter toute autre distraction.

— La fille qui était avec le député Plamondon. Avez-vous du nouveau ? J'ai l'impression que c'est elle, la clé de cette affaire...

— Qu'est-ce qui te fait dire cela ? rétorque Langlois.

— C'est le seul témoin du meurtre. Elle a sûrement des informations privilégiées. Comment allez-vous la retrouver ?

— Le rouge à lèvres Coco Chanel est une piste intéressante, continue Langlois. C'est un produit assez exclusif, mais malheureusement, on n'a pas relevé d'empreintes. On devine que la fille est probablement une escorte dispendieuse, sinon la maîtresse du député.

— Avez-vous vérifié les agences d'escorte ?

— Pas facile, répond Dubuc. Tu sais comme moi qu'Internet leur permet de rester plus anonymes qu'auparavant. Si on avait retrouvé son téléphone cellulaire, on aurait du solide. Mais on n'a pas grand-chose pour l'instant...

Manon croque avec appétit dans son beigne, sous le regard envieux de Dubuc.

— Peut-être qu'elle n'existe même pas cette « mystérieuse fille » !

— Qu'est-ce que tu nous chantes là ? lance Dubuc, incrédule. C'est ton beigne au sucre qui te monte à la tête ou quoi ?

— Pensez-y. Le meurtrier pourrait avoir délibérément « planté » de faux indices dans la chambre pour faire croire à la présence d'une femme : un rouge à lèvres, une serviette de bain encore mouillée, des trucs du genre. Sauf que dans la réalité, il n'y aurait jamais eu de femme avec le député ce soir-là !

Dubuc regarde Langlois.

— Tu veux dire une mise en scène pour faire déraper l'enquête ? Je t'avoue qu'on n'a pas vraiment encore envisagé cette possibilité, Manon. Nous autres, on est des enquêteurs. Si on trouve des indices suggérant la présence d'une femme sur la scène d'un crime, on vérifie où ils vont nous mener...

La journaliste décide de se faire l'avocat du diable.

— Je veux bien vous croire, mais au cours de la soirée, avez-vous des témoins oculaires qui ont rapporté la présence de cette mystérieuse femme dans la chambre ? Un employé qui l'aurait vue se promener sur l'étage ? Au restaurant de l'hôtel ? Dans le stationnement ?

— Personne jusqu'ici, répond Langlois avec amertume.

Manon se lève et ramasse des affaires.

— Bon. C'est ce que je vous disais tantôt. Pour l'instant, il s'agit de la « femme invisible »…

4

Après le départ de Manon, Dubuc entraîne son collègue vers la sortie.

— Mon vieux, j'ai l'estomac dans les talons. Puisque c'est vendredi midi, je t'invite au lunch. Tu vas goûter à la meilleure escalope de veau parmigiana à Chesterville !

Mais le mot « escalope de veau » résonne tel un sacrilège aux oreilles de Langlois, végétarien dans l'âme avant même que le mot ne devienne à la mode.

Un quart d'heure plus tard, les deux policiers garent la voiture devant le *Ristorante Buon Apetito*, un nom plus invitant que la vitrine crasseuse de ce restaurant situé dans un quartier peu recommandable de la ville...

— C'est ici ? demande Langlois.

Mais lorsqu'il voit Dubuc sortir son pistolet semi-automatique 9 mm pour en vérifier le cran d'arrêt, il comprend soudain...

— On n'est pas venus ici pour manger, hein ?

— C'est le restaurant de Vincente Lombardo, le propriétaire de Construction Accentuo. Viens, on va aller lui faire un brin de jasette...

Les deux policiers gagnent le restaurant. À travers la vitrine, ils constatent que l'endroit est presque désert, sauf au fond. Chaque table est recouverte d'une nappe à carreaux rouges et blancs d'une propreté douteuse. Sur les murs, des affiches de régions italiennes connues, telles la Toscane, la Sicile, la Lombardie. Une chansonnette italienne joue en arrière-plan. Un serveur vient les trouver et leur offre une table près de la porte. Dubuc refuse...

— Plutôt au fond du restaurant...

Le serveur est mal à l'aise.

— Ah, mais vous serez beaucoup mieux ici, *signores*. Là bas, c'est plus bruyant...

Dubuc l'écarte brusquement. Avec Langlois, il se dirige vers l'arrière de l'établissement, suivi du serveur impuissant.

En voyant approcher les deux détectives, les trois gorilles qui accompagnent Vincente « Vince » Lombardo bondissent sur leurs pieds. L'un d'eux plonge nerveusement la main à l'intérieur de son veston. Seul Lombardo, un homme rougeaud et bedonnant attablé devant des cannellonis et une bouteille de vin, semble s'amuser de la scène. Il fait signe à ses hommes de se calmer.

— On peut se parler, Vince ?

Sans relever la tête, l'interpellé mâche ses cannellonis en disant :

— Pourquoi pas, M. Dubuc ? On se connaît bien, après tout. Vous avez déjà envoyé plusieurs de mes amis en prison...

Il agite sa fourchette en l'air, pour lui faire signe de s'asseoir devant lui. L'un des hommes de Lombardo, ignorant qu'il a affaire à un détective en civil, agite nerveusement son arme près de la

　　　　　　　Le député décapité

tête du policier. D'un geste vif malgré sa corpulence, Dubuc empoigne son assaillant et l'envoie basculer bruyamment sur la table derrière lui. Les deux autres gorilles sont pétrifiés, attendant de leur patron un ordre d'intervenir qui ne vient pas. Bien au contraire, Lombardo s'amuse de la scène comme un enfant...

Le policier ramasse le pistolet sur le plancher et l'examine attentivement.

— Beretta semi-automatique. Vous avez un permis de port d'arme pour ça ?

Lombardo trouve que la plaisanterie a assez duré. Il s'essuie les lèvres et demande brusquement :

— Vous avez affaire à moi, Sergent ?

Dubuc s'assoit devant l'entrepreneur, tandis que Langlois est resté debout derrière lui, méfiant. Lombardo achève son repas. Il mastique bruyamment et la serviette de table blanche accrochée à son cou est souillée de taches de sauce italienne. C'est à peine s'il se préoccupe de la présence des deux policiers.

— T'as entendu parler de la mort de Marc-André Plamondon ?

— Comme tout le monde...

— C'était un ami ?

— Juste une connaissance. Le député m'appelait parfois pour me demander mon opinion, dit Lombardo, en prenant une grande gorgée de vin.

— Ton opinion sur quoi ?

— Toutes sortes d'affaires... la construction, les routes. Il était en train d'élaborer le programme électoral du PLIQ et voulait se faire conseiller.

— Et toi, t'étais son « conseiller » ?

Lombardo arrache la serviette de table qui lui pend au cou et la lance sur la table voisine.

– Plutôt un partisan de son équipe électorale, Sergent. Un « ami » du PLIQ, si vous voulez.

– Avec un ami dans ton genre, le député Plamondon n'avait certainement pas besoin d'ennemis ! Combien d'argent sale as-tu versé à la caisse électorale du PLIQ ?

Lombardo devine la pente glissante sur laquelle le policier veut l'entraîner.

– En Italie, on a coutume de dire *un passo ne fa cento*, un fou est capable de communiquer sa maladie à bien d'autres. Le député Plamondon était un fou de la politique, qui savait communiquer sa passion aux gens. J'aimais ses idées. Je n'ai pas fait de grosses études, alors je me fie à mon instinct. C'était un homme avec des idées originales qui aurait été loin en politique. Alors, je l'ai assuré de mon appui...

– Par contre, c'est vrai ça que t'aurais tenté de récupérer tes 250 000 $ quand t'as appris que le député Plamondon refuserait de se faire « manipuler » ?

L'entrepreneur croise les bras, sûr de lui.

– Avez-vous même des preuves que j'ai donné cet argent au PLIQ ?

– Non, Vince, pas de reçus. Mais d'après ce que j'ai appris, t'en aurais besoin parce que tes 250 000 $ ont complètement disparu le soir du meurtre ! Comme par magie !

En retournant au poste de police, Dubuc réussit à convaincre Langlois de s'arrêter à la cantine *La Belle Bedaine*, sur le bord de l'autoroute, pour

    Le député décapité

commander des hamburgers et des rondelles d'oignon. Les deux hommes s'installent à une table à pique-nique tout près.

Langlois n'a rien commandé et reste silencieux. Il devine que son collègue a été ébranlé par leur rencontre avec Vince Lombardo et que, pour lui, la malbouffe et encore parfois l'alcool sont les seules façons qu'il connaît d'évacuer l'angoisse qui le ronge de l'intérieur. Entre deux bouchées, Dubuc finit par se laisser aller...

— Bout de chandelle, Lulu, j'en ai encore la tremblote! Je ne m'habituerai jamais à me faire coller un revolver sur la tempe!

— Tu l'as pourtant bien balancé, ce gorille!

— C'est pas lui qui m'effraie, mais son revolver Beretta. Ce modèle-là est réservé aux tueurs professionnels!

— Je revois encore la tête de Lombardo quand il a appris que ses 250 000 $ s'étaient envolés. Tu crois qu'il est dans le coup?

— Difficile à dire pour l'instant, surtout qu'il fait partie d'un réseau régional de mafieux qui verse de l'argent sale à des avocats, à des politiciens et probablement aussi à quelques policiers véreux. Mais au moins, on a énervé Lombardo et il risque de commettre quelques erreurs qui...

Au même instant, une Honda Civic rouge que les deux policiers connaissent bien arrive dans le stationnement de la cantine. Manon Pouliot en sort et se dirige vers eux. Fidèle à son habitude, Dubuc essaie de briser l'élan professionnel de la journaliste en l'accueillant avec des banalités.

— Manon, t'arrives juste à temps! Il me reste des frites avec du ketchup qui...

— J'imagine que vous avez appris la nouvelle?

– Quelle nouvelle? On était sur la route…

– Votre patron, le lieutenant Marcel Simard, part en congé temporaire.

Les deux policiers sont ébahis.

– Impossible. Marcel adore son poste à la SQ de Chesterville!

Manon ajoute :

– Sa femme Aline a eu un grave accident d'auto ce matin en allant reconduire leurs deux jeunes enfants à la garderie. Elle est actuellement dans le coma et il veut passer le plus de temps possible à ses côtés. Les enfants n'ont pas été blessés.

– C'est arrivé de quelle façon? demande Dubuc, très perturbé.

La journaliste consulte ses notes.

– Perte de contrôle de la voiture, c'est tout ce que j'ai noté. L'auto aurait percuté un poteau de téléphone de plein fouet, à un kilomètre de la garderie.

*   *

*

En fin d'après-midi, Dubuc et Langlois se présentent au 4237, rue Lasalle. Ils stationnent la voiture devant une belle résidence centenaire de briques rouges, entourée de saules pleureurs et d'une pelouse semblable à celle d'un terrain de golf. Près du trottoir, l'écriteau indique «Tourangeau et Lavoie, avocats».

Les deux détectives se présentent à la réception. Une femme blonde dans la soixantaine, au parfum tenace et aux lunettes retenues par une chaîne en or, lève un index autoritaire vers eux pendant qu'elle prend un appel téléphonique, leur

   Le député décapité

signifiant de patienter. Résigné, Langlois s'assoit dans un moelleux fauteuil de cuir face à la réception, pendant que Dubuc fait les cent pas dans le corridor. Cinq minutes plus tard, la voix nasillarde de la réceptionniste leur demande le but de leur visite.

Pour toute réponse, Dubuc sort son badge de policier, qui produit l'effet de surprise désiré.

– Me Tourangeau sera à vous dans un instant, Messieurs.

Quelques minutes plus tard, elle les conduit dans un grand bureau aménagé avec luxe et bon goût. Des meubles modernes sont harmonieusement agencés avec quelques antiquités bien choisies. Sur le mur principal, une série de diplômes d'universités canadiennes et américaines sont encadrés. Sur le mur d'en face, des photos font voir l'avocat Olivier Tourangeau serrant la main des célébrités de ce monde : Bill Clinton, Mère Teresa, Nelson Mandela, le Dalaï-Lama...

Dubuc sourit et murmure à l'oreille de Langlois.

– Bout de chandelle ! Ou bien Olivier Tourangeau est bien connecté, ou bien il est super vaniteux !

L'instant d'après, l'avocat surgit derrière leur dos. Il s'installe derrière son grand bureau de chêne recouvert d'une vitre d'une propreté impeccable. Pas même une poussière. Le dessus du bureau est vide. Pas même un crayon...

Dubuc observe Tourangeau un instant. Il porte un habit trois-pièces bleu foncé, de bonne coupe. Sa cravate rose saumon ressort nettement sur sa chemise pâle. Ses cheveux noir jais sont lissés vers l'arrière avec le souci du détail et son menton, nettement angulaire et protubérant, suggère une personnalité forte et autoritaire. D'ailleurs, les deux détectives le savaient déjà : l'avocat est financièrement à l'aise et à 52 ans, il est au pinacle de sa profession. C'est l'un des meilleurs plaideurs de la région, bien connu dans les palais de justice de l'Estrie.

Olivier Tourangeau prend une position dégingandée dans son fauteuil et sa main gauche joue nonchalamment avec un stylo qu'il fait tourner entre ses doigts. On dirait que répondre aux questions sur une enquête de meurtre est pour lui une simple formalité.

— À vrai dire, j'attendais votre visite, Messieurs. Vous voulez savoir quels étaient mes rapports avec Marc-André avant sa mort, n'est-ce pas ?

— Il paraît que votre amitié remonte à vos années d'université ?

L'avocat éclate de rire.

— En effet, mais nous étions des ennemis jurés à l'époque ! J'étais un conservateur peinturé bleu et Marc-André, un libéral peinturé rouge ! Mais la politique, on en mangeait tous les deux ! Plusieurs années après, nous avons constaté que nos idées n'étaient pas si différentes que ça après tout. Il s'agissait seulement de les canaliser dans la même direction, de conjuguer nos efforts ensemble, alors voilà !

— Vous aviez déjà fondé votre parti La Droite Unie à l'époque ? poursuit Dubuc.

— Oui, c'était un parti qui s'inspirait des grandes théories du parti libertarien américain de Ron Paul visant à favoriser une plus grande liberté personnelle, à abolir l'État providence qui paie pour les citoyens et à éliminer carrément les impôts. Évidemment, ce n'est pas toujours applicable en pratique, mais c'était notre orientation générale en tant que parti politique…

– Après, ce fut la fusion un peu « forcée » avec le Parti des libertés individuelles du député Plamondon, je crois ?

L'avocat va chercher une cruche d'eau pour servir des verres aux deux policiers. Dubuc a remarqué sa vive réaction lorsqu'il a mentionné le mot « fusion ».

– Oui, ce fut la fusion, mais pour des raisons plus pragmatiques qu'idéologiques. Aux dernières élections provinciales, nous avions présenté une brochette d'une vingtaine de candidats sous la bannière de La Droite Unie. Malheureusement, aucun d'entre eux n'a été élu. Après de nombreuses discussions houleuses avec Marc-André et son équipe, nous avons conclu que seule la fusion de notre parti, La Droite Unie, avec le PLIQ, pouvait nous assurer une visibilité assez grande pour faire élire nos candidats. Contrairement à nous, le parti de Marc-André était déjà prêt à présenter des candidats dans toutes les circonscriptions lors des prochaines élections provinciales. Alors oui, nous avons fusionné…

– Marc-André Plamondon était le chef du PLIQ. Maintenant qu'il est mort, c'est vous le nouveau patron, non ?

Tourangeau pince les lèvres.

– Messieurs, la mort de Marc-André est un choc terrible pour la droite politique au Québec. Nous venons de perdre le meilleur ambassadeur des droits individuels des citoyens. Par contre, avant de me faire un procès d'intention, Sergent, vous auriez intérêt à mieux faire vos devoirs : ce sont les militants de notre parti, en assemblée extraordinaire, qui seront chargés de choisir le nouveau chef.

– Ah bon, désolé, je...

Mais déjà, Tourangeau a pris le téléphone pour appeler la réceptionniste.

– Marjolaine, voulez-vous reconduire ces deux messieurs à l'ascenseur, je vous prie ! J'ai un rendez-vous...

Une fois à l'extérieur de l'immeuble, les deux détectives encore sous le choc tentent de faire le point sur leur rencontre avec l'avocat. Langlois est perplexe.

– Pourquoi Philippe Soubrier nous a-t-il dit que Tourangeau ne ferait pas un bon chef de parti, parce qu'il n'a pas « l'étoffe d'un politicien » ?

Dubuc réagit vivement.

– Bien au contraire ! Tourangeau a la politique dans le sang, mon Lulu ! Tu l'as vu comme moi. Et c'est un fin renard, si tu veux mon avis.

    Le député décapité

5

Le lundi matin, Langlois dépose un dossier sur le bureau de son partenaire d'enquête : le rapport du coroner.

— Intéressant ? demande Dubuc.

— Assez. On a retrouvé des traces de GBH, la « drogue du viol » dans la bouteille de champagne. D'après le labo, le GBH pourrait avoir été injecté à travers le bouchon de liège. On a retrouvé la substance dans la bouteille, mais aussi dans les deux verres...

— Les *deux* verres, tu dis ? Bout de chandelle, la fille qui accompagnait le député Plamondon aurait donc pu être intoxiquée elle aussi ?

— Le GBH provoque une forte somnolence, dit Langlois. Impossible pour elle de décapiter le député si elle était aussi défoncée que lui !

— Cette fille était peut-être droguée le soir du meurtre, mais elle a quand même réussi à ficher le camp avant l'arrivée de la police !

Langlois s'appuie contre le classeur au fond du bureau pendant que son collègue continue de réfléchir à voix haute.

— Si cette fille n'est pas la meurtrière, est-ce qu'elle a été « engagée » par le meurtrier pour doper le député et brouiller les pistes? Après le meurtre, l'assassin aurait facilement pu faire sortir la fille complice de la chambre et filer avec la valise contenant les 250 000 $!

Langlois semble perplexe.

— Et si Manon avait raison? Si toute cette histoire de meurtre n'était qu'une mise en scène bien orchestrée sur le plan politique pour éliminer le député Plamondon, et que cette fille n'ait jamais existé?

Dubuc hausse les épaules. Pour l'instant, il préfère être à l'écoute de ce que les indices recueillis sur la scène du crime peuvent lui suggérer...

— L'autre possibilité, c'est que cette fille soit tout simplement une escorte engagée par le député Plamondon pour la soirée. Elle aurait été droguée elle aussi et l'assassin l'aurait éliminée parce que cette fille peut maintenant l'identifier...

— T'as peut-être raison, Roméo. Il faut en effet envisager la possibilité que cette fille soit déjà morte et que le meurtrier se soit débarrassé d'elle parce qu'elle constitue un témoin gênant.

Au même instant, le patron Marcel Simard entre dans le bureau. Sa nervosité est évidente.

— Désolé de vous déranger, les gars! J'imagine qu'on vous a appris que je partais pour un bout de temps. La direction a insisté pour que je prenne un long congé pour être aux côtés d'Aline.

Les deux hommes profitent de sa présence pour lui serrer la main et l'assurer de toute leur sympathie dans cette épreuve.

— Comment va Aline? demande Dubuc.

La voix du patron craque.

— Les dommages au cerveau sont importants. Pour l'instant, les médecins ont provoqué un coma

   Le député décapité

artificiel pour réduire la pression intracrânienne. Aline est d'habitude très prudente en auto ! Le pire, c'est que le conducteur qui l'a frappée ne s'est même pas arrêté, l'enfant de chienne !

— Délit de fuite ! rage Dubuc.

Les deux policiers lui mettent la main sur l'épaule en signe d'encouragement et se sentent impuissants devant le drame qui frappe leur patron. Marcel Simard quitte la pièce. Il se retourne au dernier instant.

— Aussi, je voulais vous dire que mon remplaçant sera nommé cet après-midi.

*　*

*

En milieu d'après-midi, Dubuc et Langlois assistent à un va-et-vient inhabituel à l'étage : des gens qu'ils ne connaissent pas, certains en uniforme, d'autres pas, quelques journalistes, le maire de Chesterville et une brochette de personnalités locales, bref, une activité incessante autour d'eux. Moins d'une demi-heure plus tard, tout ce beau monde est réuni dans la grande salle du poste de police.

Le présentateur est l'agent Jeff McAdam, le même qui avait animé la soirée en hommage aux 30 ans de carrière de Dubuc. McAdam rappelle d'abord la tragédie survenue plus tôt en journée. Plusieurs policiers et civils viennent à tour de rôle répéter leur appui au patron dans cette lourde épreuve.

— Marcel va me manquer, dit Dubuc.

Langlois est perplexe.

– Tu ne trouves pas qu'il part un peu vite ? Il aurait au moins pu se donner quelques jours pour réfléchir. Après tout, l'accident d'Aline est arrivé juste ce matin. Est-ce qu'il a été poussé à partir ?

– Lulu, ne minimise pas la force des émotions humaines. Mets-toi à sa place : l'accident a rendu Marcel très vulnérable, il a de jeunes enfants et il va se sentir coupable s'il n'est pas constamment aux côtés de sa femme qui...

Dubuc est interrompu par le patron qui prend le micro. Au lieu de regarder la trentaine de personnes autour de lui, Marcel Simard fixe le plancher d'un regard terne. Ceux qui le connaissent bien peuvent ressentir toute la tristesse qui s'est emparée de lui.

– Mes amis, soyez assurés que je suis très touché de votre sollicitude. C'est une période bouleversante, mais ma famille va la traverser avec courage. Merci de vos prières et de vos bons souhaits. Ma femme Aline a besoin de vos...

Simard remet brusquement le micro dans les mains de l'animateur McAdam et quitte la salle en coup de vent. Étonné, ce dernier tente de suivre son ordre du jour.

– Maintenant, je voudrais vous présenter le remplaçant de Marcel.

– C'est Gélinas, tu penses ? demande Langlois.

Dubuc hausse les épaules.

McAdam continue sur sa lancée...

– Notre nouveau patron est l'un de nos collègues formés à Montréal aux enquêtes criminelles. Il a connu une carrière qui...

Mais les mots « Montréal » et « enquêtes criminelles » ont mis la puce à l'oreille de Langlois et Dubuc.

– Roméo, t'as été enquêteur criminel à Montréal...

L'autre sent son pouls s'accélérer.

McAdam poursuit...

– Un homme dont la carrière l'a mené ici, dans la région de l'Estrie, en vue d'occuper des fonctions administratives et qui saura aussi...

Dubuc se bouche les oreilles avec les doigts.

– Nooonnn, c'est pas vrai!!!

– Un homme qui a réussi à s'imposer en administrateur hors pair dans le service de police de Compton et qui...

– *Shit de shiiiiiiit!!!*

Langlois devine que Dubuc connaît très bien le nouveau patron.

– Mes amis, je vous présente notre nouveau patron, l'actuel directeur du poste de Compton, le lieutenant Richard Bérubé!

Des applaudissements nourris accueillent le nouveau venu qui s'approche nonchalamment du micro.

Malgré lui, Dubuc se crispe. Il se demande pourquoi diable Richard Bérubé, qu'il n'a pas vu depuis des lustres, réapparaît deux fois dans sa vie en moins d'une semaine : d'abord pour énoncer des platitudes sur ses 30 ans de service et maintenant pour diriger le bureau de Chesterville!

Le nouveau venu formule les banalités d'usage. Il profite de l'occasion pour souhaiter bon courage à Marcel Simard, remercier à l'avance l'équipe du poste de police de Chesterville de sa collaboration et l'assurer de la sienne.

Langlois s'approche de son collègue, qui s'est replié dans sa coquille au fond de la salle. Il tente de lui remonter le moral.

— Bérubé vient remplacer temporairement. En plus, tu le connais mieux que personne puisque t'as déjà travaillé avec lui !

Dubuc serre les dents pour contrôler ses émotions, avant de répondre.

— Certain que je le connais Richard Bérubé ! Tellement bien que si j'étais devant lui et un cobra, devine sur lequel des deux je tirerais en premier !

*　*
*

Le même soir, Dubuc se rend vers 20 heures au restaurant français Le Pigalle de Chesterville. Le détective, veuf depuis plusieurs années, en a ras-le-bol des agences de rencontres sur Internet et autres attrape-nigauds cyberspatiaux. Vieux jeu, il s'est récemment adressé à l'agence de rencontres, *Destinées amoureuses*, située non loin du poste de police, qui lui a recommandé une candidate. Dubuc doit la rencontrer ce soir même, ici au Pigalle.

Sa montre indique 20 h 25. Le policier se murmure :

— Une demi-heure de retard. Elle ne viendra pas, c'est sûr...

Dans son for intérieur, Dubuc sait très bien qu'il n'est plus un jeune coq du printemps. Il a un sale caractère, un tempérament rancunier, une bedaine d'obèse. En bref, rien pour plaire aux femmes. En revanche, il sait aussi qu'il est hyper protecteur, qu'il a le sens de la justice et une persévérance à toute épreuve.

Mais, alors qu'il s'apprête à partir, une jeune femme s'approche de sa table. Elle est grande, mince et ravissante. Des lunettes fumées dissimulent en bonne partie son visage encadré de longs cheveux noirs bouclés.

— Bonsoir M. Dubuc, je peux m'asseoir ?

Le principal intéressé reste abasourdi par cette apparition inespérée.

— C'est *Destinées amoureuses* qui vous a envoyée ?

— L'agence ? Oui, oui. Je m'appelle Daniela…

Cette très belle femme est au moins 20 ans plus jeune que Dubuc. Il lui tend une énorme patte de phoque qui semble engloutir la main délicate et d'une blancheur de porcelaine de sa nouvelle compagne de table. Daniela porte un tailleur beige et l'abondante chevelure noire qui encadre son visage met en valeur de grands anneaux argentés qui lui donnent un petit air gitan. Elle est à la fois élégante et sobre, ce qui plaît immédiatement à Dubuc. En fait, sur son échelle d'évaluation personnelle de 1 à 10, il estime que Daniela est un 15, aucun doute là-dessus ! Il se promet d'ailleurs de féliciter dès le lendemain la propriétaire de l'agence pour la qualité de sa candidate référée !

Cependant si Dubuc, l'homme, est envoûté par le magnétisme presque animal de Daniela, Dubuc le flic est troublé par cette rencontre. Cette femme mystérieuse qui s'assoit devant lui ne semble pas être venue ici pour trouver l'âme sœur. Quelque chose la trouble beaucoup, visiblement. Dubuc le devine. Cependant, elle dégage un tel contrôle d'elle-même, une telle maîtrise de ses émotions, que Dubuc ne sait trop comment l'aborder.

Daniela s'est réfugiée derrière son grand menu, qui dissimule maintenant tout son visage. Dubuc se plonge lui aussi dans la liste des plats et s'efforce de briser la glace.

— Il paraît que le filet mignon sauce madère est très bon ici.

— Ah, d'accord...

— Prenez-vous un apéritif, Daniela ?

Elle ne répond pas. Il s'apprête à répéter la question.

— Prenez-vous un...

— Est-ce que nous sommes seuls, Sergent Dubuc ?

Le policier regarde rapidement autour de lui.

— Oui, les derniers clients viennent de partir. Pourquoi toutes ces précautions ?

Daniela hésite un instant avant de répondre. Elle dépose son menu sur la table, enlève ses lunettes noires et regarde maintenant le policier bien en face. Il remarque les cernes prononcés sous ses grands yeux bleus. De toute évidence, cette femme n'a pas dormi depuis plusieurs jours.

— C'est moi, la fille dans la chambre du député Plamondon le soir du meurtre...

   Le député décapité

6

— Je ne comprends pas ! lance Dubuc. J'attendais une candidate envoyée par l'agence ce soir...

— J'avais besoin de vous parler discrètement, alors je vous ai suivi depuis deux jours, dit Daniela. La propriétaire de l'agence est une amie à moi. Elle m'a donné le nom de la candidate que vous deviez rencontrer ici ce soir. Je l'ai retracée en ville, en lui donnant une paire de billets pour un spectacle dans le Vieux-Port de Montréal, en échange de la remplacer ce soir.

Dubuc est stupéfait par la méthode. Daniela ferait un enquêteur doué !

— Pourquoi venir me raconter votre histoire dans un restaurant ? Allons plutôt au poste !

Daniela regarde autour avec méfiance.

— C'est trop dangereux pour moi ! Si je parle à la police, je suis en danger de mort. Quelqu'un me suit. J'ai pris un risque énorme en venant ici ce soir !

— Vous dites que vous étiez avec le député Plamondon le soir de sa mort ?

— Marc-André n'arrêtait pas de répéter que la soirée de fondation officielle du PLIQ serait le moment le plus important de sa vie. Il n'avait pas prévu qu'il se ferait aussi assassiner ce soir-là !

Envahie par une poussée de chagrin, Daniela refoule ses larmes et remet ses lunettes fumées. Dubuc essaie d'ignorer les émotions qui l'envahissent pour se concentrer sur l'enquête. Il lui demande de récapituler les événements de la soirée. Elle joint les mains pour mieux se concentrer.

— Marc-André est revenu à la chambre vers 10 heures environ.

— Avait-il l'air agacé, préoccupé, quelque chose du genre ?

Daniela réfléchit un instant.

— Il était souvent préoccupé ces dernières semaines. Mais quand il est revenu à la chambre, je pense qu'il essayait de faire mentalement le bilan de la soirée, d'évaluer si l'assemblée de fondation du PLIQ avait été un succès. Avant qu'il revienne, j'avais fait monter du champagne à la chambre vers 9 h 30 pour célébrer l'événement et...

— Qui a apporté la bouteille ?

— Le garçon d'hôtel, j'imagine. Il a apporté la bouteille, l'a débouchée et je lui ai donné cinq dollars de pourboire. Ensuite, il est reparti.

— Pouvez-vous le décrire ? Un tatou, une barbe, une manie, sa voix, son nom sur sa veste, un truc du genre...

— Écoutez Sergent, j'étais en « petite tenue » quand le garçon est entré dans la chambre. Je venais d'enfiler mon déshabillé mauve très sexy. Il avait l'air gêné, alors on n'a pas vraiment jasé. Mais j'ai remarqué qu'il avait le crâne rasé et portait un petit collier de barbe.

Dubuc prend quelques notes.

   Le député décapité

— C'est bon ça ! Et le député, il est revenu peu de temps après ?

— Oui, et on a sablé le champagne pour célébrer la fondation du PLIQ. Mais après quelques minutes, j'ai commencé à avoir très mal à la tête. Je me souviens que Marc-André a reçu un appel de sa femme sur son cellulaire et qu'il aurait préféré ne pas répondre. Il m'a demandé d'aller dans la salle de bain pendant qu'il lui parlait.

— Ça vous a fâchée ?

— Évidemment, parce qu'il faisait passer sa femme avant moi ! Marc-André me disait depuis des mois qu'il voulait la quitter pour qu'on vive ensemble et qu'on voyage à l'étranger.

— Le tube de rouge à lèvres Chanel qu'on a retrouvé dans la salle de bain, c'est à vous ?

— Oui. Pendant que j'attendais que Marc-André finisse de parler à sa femme, mon mal de tête a empiré et je me suis évanouie. À mon réveil, j'ai réalisé que j'avais été droguée et j'ai vomi dans la toilette. Ensuite, j'ai ouvert la porte de la salle de bain. Ma vue était encore embrouillée par la drogue, mais je pouvais voir Marc-André allongé sur le lit. Quand je me suis approchée pour l'embrasser, j'ai poussé un cri d'horreur. Il avait été décapité ! Le sang coulait de partout ! Sa tête avait été coupée et remise en place, mais tout croche. Il ressemblait à une marionnette en morceaux détachés. J'en fais encore des cauchemars toutes les nuits !

— Et ensuite ?

Daniela regarde le policier d'un air incrédule.

— Ensuite ? J'ai ramassé mes affaires et j'ai sacré mon camp, vous vous en doutez bien ! Je ne

voulais pas qu'on découvre que j'étais sa maîtresse,
et surtout pas être accusée de meurtre !

— Pourquoi dites-vous que vous êtes en danger
de mort ?

— Parce que c'est le cas, Sergent. Quand le
meurtrier de Marc-André va réaliser que quelqu'un
d'autre était dans la chambre, il va vouloir m'éliminer moi aussi !

— Justement, avant de partir, avez-vous vérifié
si quelqu'un pouvait être caché sous le lit ou dans
l'armoire ?

— Je suis sortie aussi vite que si le feu était
pogné dans la chambre, même si j'étais encore
étourdie !

— Et la valise remplie d'argent ?

Daniela hausse les sourcils, l'air étonné.

— Quelle valise ?

— Quand le député est revenu à la chambre,
il avait apparemment une petite valise métallique
grise bourrée d'argent avec lui. Environ 250 000 $
qui ont disparu le soir du meurtre. Vous avez dû
l'apercevoir, non ?

La jeune femme hausse les épaules, puis se
lève pour partir. Elle dit sans émotion :

— J'ignore de quoi vous parlez, Sergent...

Elle s'éloigne vers la sortie du restaurant.
Dubuc se tourne vers elle :

— Un bon conseil, Daniela : si jamais vous
avez cette valise, vous risquez d'aller rejoindre le
député Plamondon. *Six pieds sous terre !*

* *

*

                          Le député décapité

– On a un témoin qui peut décrire le suspect !
lance Langlois le mardi matin au poste de police.

Dubuc le suit au pas de course vers la petite
salle d'interrogatoire. Avant d'entrer dans la pièce,
il se rend derrière la grande vitre-miroir, permettant aux policiers de voir sans être vus. Un agent
de la SQ est sur place.

– Qui est ce type ?

L'agent consulte ses notes.

– Un certain Fernand Robidoux, 64 ans,
représentant commercial en brosses et balais
de Montréal. Il passe quelques jours par mois
en Estrie et descend toujours à l'hôtel Impérial.
M. Robidoux dit qu'il se trouvait sur le même étage
que le député Plamondon, à la chambre 306, le soir
du meurtre...

– Donc, à trois chambres de celle du député.
Ensuite ?

– Ensuite, c'est un peu flou. M. Robidoux est
nerveux. Il parlait tellement vite que j'ai pas tout
noté. Une vraie toupie ! Il dit avoir entendu du
brouhaha dans la chambre du député et des éclats
de voix. Il est sorti dans le corridor et le suspect lui
serait passé sous le nez en courant. Il n'en est pas
certain, parce qu'il n'avait pas ses lunettes, mais il
aurait vu des taches de sang...

– Bon, allons lui parler...

En voyant les deux policiers entrer dans la
pièce, Fernand Robidoux se lève brusquement,
presque au garde-à-vous militaire. La nervosité
se lit sur son visage. La mémoire de Dubuc se met
en mode Polaroid pour photographier le visiteur :
la mi-soixantaine timide, petite moustache rétro,
veston à carreaux bon marché, cravate brune en
polyester, valise de représentant usée à la corde.

— Assoyez-vous, Monsieur Robidoux. Mon collègue m'a dit que vous vendez des brosses…

— Oui, oui, mon bon Monsieur, je vends des brosses. Toutes sortes de brosses, des petites, des plus grosses, pour la cuisine, la salle de bain, le sous-sol et j'en passe. Plusieurs modèles, en fait, mais nos meilleurs vendeurs sont toujours les numéros PB-0356-CJ892 et FA-0945-RP6731 depuis des années et…

— Intéressant. Si on parlait de l'hôtel Impérial. Vous occupiez une chambre à cet endroit le soir du meurtre, c'est exact ?

— Oui, oui, le soir du meurtre, c'est exact. Ma chambre n'était pas très grande, environ six mètres sur cinq et demi, mais la fenêtre s'ouvre de l'intérieur avec un mécanisme à charnière articulée, ce que j'aime beaucoup à l'hôtel Impérial, surtout en été, parce que l'air conditionné a tendance à me donner des refroidissements. Par contre, la pression d'eau de l'évier était faible. J'aurais dû me plaindre à la direction, d'ailleurs, mais je…

Dubuc regarde Langlois.

Langlois regarde Dubuc.

— Monsieur Robidoux, vous avez raconté à la police avoir aperçu le suspect du meurtre. Ça s'est passé de quelle façon ?

— Oui, oui, j'ai vu le suspect du meurtre. Il était environ 10 h 30 ce soir-là, et j'avais besoin de glace pour mettre ici, sur ma cheville, que je me suis foulée il y a deux ans en déneigeant la cour de mon chalet, mais qui continue d'élancer régulièrement. Vous savez le temps que ça prend pour guérir les petits bobos, surtout à notre âge. Alors, j'ai été au bout du corridor chercher un demi-kilo

   Le député décapité

de glace dans la glacière, et c'est alors que je l'ai aperçu...

— Le suspect?

— Le gérant de l'hôtel. Il semblait sortir tout droit de la chambre 309.

Dubuc regarde Langlois.

Langlois regarde Dubuc.

Les deux policiers se souviennent que l'hôtelier Sylvain Carignan a téléphoné à Dubuc vers 23 heures à la brasserie, pour l'informer de la découverte du corps sans vie du député Plamondon à la chambre 309. Mais maintenant, le témoin raconte avoir aperçu M. Carignan une bonne demi-heure plus tôt, soit à 22 h 30, l'heure approximative du meurtre. Un détail révélateur...

— Vous en êtes certain, Monsieur Robidoux? demande Dubuc. Prenez votre temps, c'est très important. La chambre 309 est située au bout du corridor. Vous avez peut-être pensé que le gérant de l'hôtel, M. Carignan, sortait de la chambre. En réalité, il venait peut-être d'arriver sur l'étage après avoir emprunté l'escalier de service qui est au bout du corridor et pas loin de la chambre. Vous n'aviez pas vos lunettes, n'est-ce pas?

Fernand Robidoux baisse soudain les bras.

— Ben non, câline... c'est vrai que j'avais pas mes lunettes, alors j'ai peut-être pu me tromper. C'est pas impossible...

L'homme semble complètement démoli par le commentaire du policier. Dubuc se sent obligé d'intervenir.

— Monsieur Robidoux, je ne dis pas que vous avez tort. Je dis seulement que n'ayant pas vos lunettes le soir du meurtre, il pourrait exister une « marge d'erreur », comprenez-vous? Vous auriez pu croire que M. Carignan sortait de la chambre, alors qu'il venait peut-être d'arriver sur l'étage.

Le témoin fait signe qu'il comprend l'explication du policier, mais Dubuc sait que c'est fini, il n'en tirera pas un mot de plus. Le ressort… vient de se briser.

* *
*

Après le lunch, Dubuc est revenu au travail. Il remarque que l'un après l'autre, ses collègues de travail sont convoqués au bureau de Richard Bérubé et en ressortent la mine déconfite. Le détective observe ce petit jeu depuis près d'une demi-heure, mais cette fois, il n'y tient plus. Il apostrophe un jeune patrouilleur qui passe près de lui.

— Fréchette, qu'est-ce qui se passe avec Bérubé ?

— Le nouveau boss veut couper mes heures de patrouille les fins de semaine et…

— Dubuc, à mon bureau !

La voix de stentor résonne dans tout le corridor.

Dubuc prend une grande respiration pour se calmer et se dirige vers le bureau de Bérubé. Sa nomination s'est faite tellement vite que plusieurs caisses non déballées sont encore éparpillées dans la pièce.

— Ferme la porte derrière toi !

Bérubé évite son regard en fouillant parmi ses papiers étalés sur son bureau. Le patron porte des boutons de manchette en or avec sa chemise bleue bien pressée, une coquetterie qu'il n'a jamais abandonnée depuis qu'il est devenu administrateur régional de police.

— Écoute Dubuc, c'est juste une formalité. Aujourd'hui, je rencontre tout le monde au poste. Marcel Simard était un bon gars, tout le monde le dit, mais comme administrateur, ça valait pas le cul d'une poule ! Moi, je suis icitte pour faire une job, pis je vais la faire, on se comprend ?

Dubuc laisse échapper un profond soupir d'indifférence, à la façon d'un adolescent réprimandé par ses parents. Le principal intéressé s'en aperçoit.

— Écoute, toi pis moi, ça remonte 30 ans en arrière, nos histoires. On n'a jamais été les meilleurs amis du monde ! Mais maintenant, il faut travailler ensemble, alors t'as intérêt à…

Dubuc se mord les lèvres au sang pour se retenir. Bérubé joue avec ses nerfs comme sur un banjo et le policier sent que sa maîtrise personnelle s'évapore à une vitesse exponentielle.

— Ça va aller…

— *Good, good !* Parce que si tu veux encore faire ta tête de cochon pis te sacrer des directives qui viennent d'en haut, tu resteras pas longtemps aux enquêtes criminelles, je t'en passe un papier !

Cette fois-ci, le patron est allé trop loin. Dubuc éclate :

— Bérubé, sais-tu que tu pourrais te garder une petite gêne, quand même ! Te souviens-tu de l'Opération Stigmate, en 1992, à Montréal ? Quand l'équipe a fait une saisie de drogue dans l'entrepôt de la rue St-Hubert, on a retrouvé 12 kilos de drogue. La semaine suivante, il en manquait deux. T'étais le détective en charge, toute l'opération reposait sur tes épaules, mais t'as jamais pu expliquer la disparition des deux kilos d'héroïne !

– Déterre pas le passé, Dubuc! C'était mon erreur, je l'ai expliquée aux affaires internes. Moi non plus, j'ai jamais compris comment la drogue avait disparu!

Dubuc prend une attitude de mépris.

– Le problème, c'est qu'un de tes hommes a été retrouvé apparemment « suicidé » avec une aiguille plantée dans le bras, après avoir fait une confession écrite qu'il avait volé la drogue. Ses aveux ont permis de fermer le dossier, mais on n'a jamais retrouvé la marchandise! Moi, j'ai toujours pensé qu'une couple de détectives corrompus s'étaient mis de l'argent plein les poches, Bérubé!

Les deux hommes se regardent, bouillants de colère. Dubuc agrippe le rebord du bureau de son patron pour contenir sa rage. Bérubé a serré les poings en l'air, à la façon d'un boxeur se préparant au combat. Il fait des efforts surhumains pour se maîtriser...

– C'est ça le problème avec toi, Dubuc! Tu restes accroché au passé, au lieu d'avancer. Moi au moins, j'ai grimpé dans l'échelle administrative de la police régionale et je suis devenu un *boss*!

Dubuc a relâché sa prise et se dirige vers l'entrée du bureau. Le ton s'est radouci, mais teinté d'ironie.

– Peut-être que je suis rien qu'un enquêteur régional et que j'ai pas des beaux boutons de manchette en or comme toi! Mais moi, Bérubé, quand je me couche le soir, j'ai la conscience en paix. Tu sais ce qu'on dit : croche un jour, croche toujours, Bérubé!

L'autre lui adresse un regard assassin.

   Le député décapité

– Trente ans dans la police, Dubuc. Trente ans. Tu radotes. C'est le temps de penser sérieusement à la retraite. Ça te tenterait pas, un beau p'tit condo à Coconut Beach ?

7

En milieu de soirée, Manon Pouliot quitte le journal pour la brasserie Versejoie. Elle est venue ici il y a exactement une semaine, le mercredi soir du meurtre en fait, pour la soirée du 30e anniversaire de Dubuc. Elle s'installe au bar et commande une bière.

Son cellulaire sonne. L'appel provient de sa mère Gladys, placée au Foyer Beauséjour de Coaticook depuis deux ans. Elle démontrait un début de maladie d'Alzheimer et devenait un danger pour elle-même. Sans gaieté de cœur, Manon a dû la placer au foyer, ce que la malade reproche à sa fille presque chaque jour depuis.

— Non, maman, tu ne reviendras pas à la maison...

À l'autre bout du fil, sa mère pleure. Manon ferme les yeux et se mord les lèvres. Gladys est encore en bonne partie consciente de ce qui lui arrive, ce qui rend la situation d'autant plus pénible.

— J'irai te voir vendredi soir, c'est promis. Oui, comme tous les vendredis. Si tu veux du sucre à la crème, je peux t'en apporter. Ne pleure pas encore, je t'en prie...

Manon raccroche. Chaque fois, ce drame chagrine autant la journaliste. Elle passe des heures à se demander si une bonne fille doit agir ainsi avec sa mère, s'il n'aurait pas été préférable de la garder à la maison, au milieu des souvenirs de toute une vie...

— Pas facile, les parents qui vieillissent, hein ?

L'homme au bar à côté d'elle a le début de la vingtaine. Devant l'étonnement de la journaliste, il s'explique :

— Désolé, j'ai pas pu m'empêcher d'entendre la conversation ! C'est bien à votre mère que vous parliez, non ?

Manon pousse un soupir.

— Oui, elle m'en veut de l'avoir placée dans un foyer...

— Normal. Mon père, c'était la même affaire. Un spécialiste du chantage émotif : « Si je crève au foyer, mon garçon, tu vas avoir ma mort sur la conscience toute ta vie ! » Vous savez quoi ? Un an plus tard, mon vieux s'est fait plein d'amis et profite de la vie depuis ce temps-là !

Manon roule des yeux incrédules au plafond.

— Ça fait du bien d'entendre ça ! Moi, ma mère est comme un escargot qui se replie dans sa coquille.

L'homme lui tend la main.

— Victor Fournier...

— Manon Pouliot, journaliste au *Progrès de Chesterville*. Vous n'êtes pas d'ici vous ?

— Comptable à Sherbrooke. On entend parler du meurtre du député Plamondon dans toute la région, vous savez !

Manon approuve.

    Le député décapité

— Le fait qu'un député provincial soit assassiné et décapité en plus, c'est pas banal.

— La police a des suspects ?

L'étranger commande deux autres bières et en dépose une devant Manon. D'instinct, elle se doute qu'il tente de lui tirer les vers du nez. Même si la journaliste commence à ressentir un certain engourdissement dû à l'alcool, elle n'est pas dupe à ce point : ce prétendu « comptable » de Sherbrooke ne correspond pas au profil habituel. Avec sa veste de cuir noir, son petit anneau à l'oreille, ses cheveux à l'épaule, sa moustache à la Astérix et ses bottes de cowboy, il a plutôt l'allure d'un rockeur ou d'un motard, mais vraiment pas d'un comptable... et son père n'est probablement pas dans un foyer non plus.

— Vous êtes un comptable ? Parce que je...

Pouf ! Le sac à main qu'elle a posé sur le comptoir tombe bruyamment au sol et tout son contenu se répand.

— Ooooh, Manon, c'est de ma faute ! Je vais vous aider à ramasser tout ça !

— Non. Laissez-moi faire ! Certaines choses sont personnelles, alors j'aime mieux les ramasser toute seule.

Elle se penche, un peu étourdie par l'alcool, et ramasse maladroitement tous ses objets personnels qu'elle fourre dans son sac à main. Lorsqu'elle se redresse quelques instants plus tard, Victor Fournier a disparu.

Sur le comptoir, il a laissé une photo. Manon la prend et la regarde. Elle échappe un cri qui attire l'attention des autres clients du bar.

La photo fait voir le député Plamondon au lit, dans les bras d'une jeune femme à la longue chevelure noire bouclée...

* *

*

— Tu es encore au bureau à cette heure ? lance Langlois.

Le dossier d'enquête sur le député Plamondon est étalé sur le bureau de Dubuc, mais son esprit semble ailleurs.

— Je me suis engueulé avec Bérubé cet après-midi. Des vieilles blessures entre nous deux qui ne veulent pas cicatriser. Je ne lui fais pas confiance.

Langlois vient s'asseoir.

— Écoute, prends-le pas personnel. Bérubé vient remplacer le patron, mais c'est temporaire.

— Lulu, j'ai vu des affaires sales quand j'étais aux enquêtes criminelles à Montréal. Et chaque fois, Bérubé n'avait jamais les mains très propres. Il sait que je le tiens à l'œil, alors il essaie de me faire lâcher l'enquête si possible. Bérubé rêve de m'envoyer à la retraite ! Dans le fond, il a peut-être raison. Peut-être que le temps est venu d'accrocher mes patins...

Langlois éclate d'un rire sincère qui réconforte son vieil ami.

— Toi à la retraite ? Penses-y une seconde, mon pauvre Roméo ? Tu n'as aucune famille, aucun loisir, aucune activité sociale et, excuse ma franchise, mais à part moi, aucun ami sur la planète. En plus, tu t'endors en cinq minutes devant ta télévision !

— Tu trouves que je devrais m'accrocher ? demande Dubuc, avec une candeur que Langlois

   Le député décapité

n'aurait jamais crue possible chez son partenaire d'enquête.

— Non seulement tu vas t'accrocher à l'enquête, mais on va le faire à deux, Roméo. La mort du député fait du bruit partout. C'est nous autres qui menons l'enquête et on va aller jusqu'au bout, que Bérubé le veuille ou pas !

C'était le genre de discours qu'il fallait pour fouetter le sang de Dubuc, qui se sent soudain rajeuni de vingt ans…

* *

*

Le jeudi matin, Dubuc reçoit un coup de fil de son vieil ami Martin Blanchard, responsable de l'analyse toxicologique à la SQ.

— Roméo, le rapport sera sur ton bureau ce matin.

L'autre devine déjà le résultat.

— Si vos analyses confirment que le député et la fille ont été drogués par le GBH dans le champagne, on le savait déjà avec le rapport d'autopsie…

— Par contre, tu seras peut-être intéressé d'apprendre que, pour le député Plamondon, on a aussi relevé les traces d'un puissant somnifère ingéré au maximum une heure avant sa mort.

Dubuc sursaute.

— Une heure avant sa mort ? Impossible ! À ce moment-là, le député était sur l'estrade en train de faire son discours devant ses partisans !

— Le somnifère est facilement soluble, inodore et sans saveur, Roméo. Quelqu'un pourrait l'avoir discrètement versé, même dans un verre d'eau, sans risquer d'être détecté.

Cette information vient confirmer à Dubuc que le député Plamondon a été drogué à deux reprises le soir du meurtre, mais pas Daniela, ce qui expliquerait qu'elle a été capable de se sauver.

Le détective se demande alors si le député était déjà drogué lorsqu'il est revenu à sa chambre. Il raccroche et file au centre-ville, au bureau de la permanence du PLIQ. Une bénévole est déjà sur place, malgré l'heure encore matinale.

— La soirée de fondation du PLIQ, à l'hôtel Impérial, vous l'avez enregistrée sur vidéo ?

— Attendez, je vais vérifier.

Une demi-heure plus tard, le policier revient en trombe au bureau et passe en coup de vent sous le nez de Langlois qui le suit, intrigué.

Dubuc est hors d'haleine et insère un CD dans son ordinateur. Langlois est appuyé sur le cadre de porte et cherche à comprendre.

— L'assemblée de fondation a duré environ une heure et demie, dit Dubuc.

— Qu'est-ce qu'on cherche ?

— On cherche une... là !

L'image montre le député Plamondon sur l'estrade, qui prend une gorgée d'un verre d'eau.

— Presque la fin du discours. Je vais reculer encore un peu sur le CD, dit Dubuc.

L'image montre cette fois le député qui allonge le bras pour saisir le verre d'eau plein qu'un partisan vient de lui tendre.

— Bout de chandelle, impossible de voir la tête du type qui lui a remis le verre d'eau !

— La soirée a été filmée par une caméra d'amateur, dit Langlois. L'homme qui remet le verre au député est visible seulement de dos, dans son chandail de coton ouaté gris avec le numéro 88.

Refusant de se décourager, Dubuc continue de faire reculer le CD. Les deux policiers voient maintenant Philippe Soubrier, une cruche d'eau à la main.

– Soubrier tend le verre à un partisan devant lui dans la salle, dit Dubuc. L'homme qu'on voit de dos s'approche de l'estrade pour le remettre à Plamondon. Fort probablement que Soubrier, ou bien cet inconnu, a versé le somnifère dans le liquide. Dommage qu'on ignore son identité...

– Par contre, on sait où trouver Soubrier! lance Langlois.

*   *

*

Dans la petite salle attenante à son bureau, Richard Bérubé se prépare un café. Son collègue, le jeune sergent-détective Steve Tanguay, arrive sur les entrefaites. Les deux hommes travaillent ensemble et s'apprécient depuis plusieurs années. Bérubé avait vite reconnu chez le jeune patrouilleur un talent particulier et l'a aidé à gravir les échelons à la Sûreté du Québec, jusqu'à ce qu'il devienne détective à la mi-trentaine. Depuis, ils sont restés proches et Tanguay a même fait de Bérubé le parrain du plus jeune de ses trois enfants. Pour sa part, quand la femme de Tanguay a perdu son emploi de caissière il y a deux ans, Bérubé a discrètement prêté de l'argent à son protégé, pour l'aider à boucler ses fins de mois.

– T'as pas l'air dans ton assiette, Richard.

– Ouais, Dubuc me donne des boutons! J'essaie de le convaincre de lâcher l'enquête, mais il s'accroche comme à une épave!

— Normal. Il a perdu son fils à cause de la drogue et sa femme est morte d'un cancer. Il a juste sa job dans la vie...

— Pourtant, ma vie à moi serait plus simple sans lui ! Nos chicanes remontent 30 ans en arrière, à nos débuts dans la police de Montréal.

Tanguay éclate de rire.

— Ah ça, tout le monde sait que vous êtes comme chien et chat !

— Écoute, Tanguay, la vérité, c'est que Dubuc a jamais bien fonctionné en équipe, même aux enquêtes criminelles à Montréal. Il n'arrêtait pas de critiquer mon travail quand j'étais le détective responsable des opérations. C'était peut-être de la jalousie, ou à cause de ses principes personnels, mais chose certaine, il fonctionne en solitaire. Son attitude pourrit le climat de travail au poste. C'est pas un modèle pour nos jeunes recrues. Alors, il faut absolument que Dubuc prenne son trou. En ce qui me concerne, le temps est venu pour lui de laisser sa place à d'autres...

— Et s'il refuse de partir ?

Bérubé passe la main dans son abondante chevelure grisonnante, une manie qu'il a souvent face à un problème difficile...

— Faudrait au moins qu'il abandonne l'enquête. C'est une grosse affaire, la mort du député Plamondon, pas mal plus grosse que ce que le monde pense. Pis moi, j'ai l'intention de mettre des hommes de confiance là-dessus.

— Comme qui ? demande Tanguay.

Bérubé s'approche et met amicalement la main sur l'épaule de son collègue.

— Comme toi, Steve. Comme toi...

   Le député décapité

8

En quittant le bureau, Dubuc et Langlois croisent Manon Pouliot, visiblement excitée. Elle leur fait voir la photo compromettante du député Plamondon, au lit avec une fille aux longs cheveux noirs bouclés.

— C'est Daniela! s'exclame Dubuc. La fille qui était avec le député le soir du meurtre. Qui t'a remis cette photo?

— Un jeune dans la vingtaine à la brasserie Versejoie, qui m'a fait la conversation avant de disparaître. Un certain « Victor Fournier », mais je suis certaine que c'était un nom d'emprunt...

Voyant la déception sur le visage des deux détectives, Manon sort soudain un verre de bière vide de son sac à main et leur remet, l'air triomphant.

— Tenez, j'ai l'ai ramassé avant de partir, pour les empreintes digitales!

— En tout cas, on peut essayer de retracer ton « mystérieux Victor » pour remonter jusqu'à la source de ta photo, dit Dubuc.

Il prend le verre et les deux policiers marchent vers leur voiture au fond du stationnement de la SQ.

Langlois échafaude une hypothèse :

– Si la veuve Maltais avait voulu salir la réputation de son défunt mari, elle n'aurait pas fait mieux : payer un type pour qu'il remette une photo compromettante du député Plamondon à une journaliste dans un bar !

Dubuc est d'accord.

– Mais pourquoi aurait-elle fait ça ? dit-il, en s'engouffrant dans son véhicule.

– Si les médias parlent de la maîtresse du député, les gens auront toujours un faible pour la « femme trompée »…

Dubuc réalise que l'analyse des empreintes digitales sur le verre va prendre plusieurs jours, sans savoir si elles sont déjà dans les dossiers de police.

Soudain, il change brusquement la direction du véhicule.

– Lulu, je viens d'avoir une idée !

Quelques minutes plus tard, les deux policiers garent la voiture devant la brasserie VerseJoie. Ils tentent ensuite de convaincre le propriétaire de visionner la bande vidéo de la veille, mercredi soir.

– J'ai pas beaucoup de temps. Revenez donc dans deux jours !

Dubuc s'impose de toute sa corpulence.

– Écoute, patron, on peut revenir dans deux heures avec un mandat et fermer ta brasserie pour la soirée, ou régler l'affaire tout de suite. Au choix !

Résigné, le propriétaire les amène dans son bureau et démarre le visionnement de la bande.

– Arrête ! ordonne Dubuc. La fille blonde qui vient de s'installer au bar, c'est la journaliste. On va la suivre sur l'enregistrement, alors avance lentement…

   Le député décapité

Quelques instants plus tard, les deux policiers distinguent nettement un homme assis au bar, près de Manon. Il se penche vers elle pour lui parler.

— Aucun doute, c'est bien la description de ce « Victor Fournier » donnée par Manon. Un type dans la vingtaine, avec une veste de cuir noir et les cheveux aux épaules. Tu le connais, ce moineau-là ? demande Dubuc.

Le propriétaire pointe le menton vers l'écran et relève ses lunettes pour mieux voir l'image.

— Ben oui, on le voit assez souvent icitte. C'est le fils de l'avocat Tourangeau. Il s'appelle Thomas, mais tout le monde l'appelle « le poteux »…

*   *

*

En début d'après-midi, Dubuc et Langlois se présentent à l'hôtel Impérial.

— Alors, Roméo, des progrès dans l'enquête ? demande Sylvain Carignan.

— Ça dépend de toi. On cherche un de tes employés, un garçon d'étage qui travaillait le soir du meurtre, dit Dubuc.

— Vous avez une description ?

— Pffff… crâne rasé… petit collier de barbe.

Carignan regarde les deux hommes d'un air inquiet.

— Ça ressemble drôlement à Jeannot…

— Qui ?

— Jeannot Vallières.

— On peut le trouver où, ton Jeannot ?

— Il n'a rien fait de mal, j'espère ?

— Son numéro de téléphone et son adresse, insiste Dubuc.

Carignan refoule à peine ses émotions.

— Ah, que j'aurais dû le savoir ! La réhabilitation, c'est pas pour tout le monde !

— De quoi parlez-vous ? demande Langlois.

— De Jeannot Vallières ! Le pauvre garçon a vécu l'enfer dans sa jeunesse. À 13 ans, il s'est sauvé de la maison parce que son beau-père le battait comme un chien. À 15 ans, vol de voiture avec agression, à 17 ans, vol à main armée et trafic de cocaïne à 20 ans. Il est sorti de prison il y a deux ans. Et moi, en bon citoyen, j'ai voulu donner une deuxième chance à cet ancien toxicomane. Depuis, Jeannot paye son logement tous les mois, il s'est fait une blonde *steady* qui est enceinte, bref, c'était plutôt encourageant. Il m'avait l'air de remonter la pente. En plus, il m'a juré n'avoir pas touché à la dope depuis sa sortie de prison. Alors, qu'est-ce qu'il a fait de travers, dites-moi ?

— Rien pour l'instant, mais on doit lui parler, répond Dubuc.

Sylvain Carignan remet l'information demandée aux policiers.

— S'il n'a rien fait de mal, pourquoi Jeannot est-il introuvable depuis le soir du meurtre ?

— Il a disparu ?

— Il n'est pas venu travailler depuis le meurtre.

— Lui avez-vous téléphoné ?

— Téléphoné, vérifié à son appartement, personne. Il s'est évaporé comme par enchantement ! Pouf !

— Pourquoi ne pas avoir signalé sa disparition avant ?

Le propriétaire leur avoue :

— C'est pas la première fois que Jeannot disparaît…

Dubuc et Langlois quittent l'hôtel Impérial pour se rendre à l'adresse remise par le propriétaire : 66-B, rue des Lilas. L'endroit est un bungalow plutôt mal entretenu, avec une entrée séparée à l'arrière de la maison pour l'appartement au sous-sol. Ils frappent à la porte principale. Aucune réponse. Ils contournent le bungalow et se rendent à la porte arrière. Sur le mur, une pancarte défraîchie indique « 66-B ». La porte est ouverte...

— Jeannot ! C'est la police de Chesterville !

Aucune réponse.

Les deux détectives sortent leur arme et descendent lentement les quelques marches qui mènent au sous-sol. Même en début d'après-midi, l'endroit est dans l'obscurité totale. Dubuc fait signe à Langlois d'allumer le plafonnier. L'appartement comprend une pièce principale, faisant office de cuisine et de salon, ainsi qu'une chambre séparée. Les lieux sont dans un désordre épouvantable.

Sans dire un mot, ils font le tour de chaque pièce, arme au poing. Dans la chambre, Langlois appelle son collègue. Sur le lit, ils voient quelques coupures de l'hebdomadaire *Le Progrès de Chesterville* relatant le meurtre sadique du député.

— Jeannot était encore ici il y a deux jours. Regarde, l'article de Manon date de mardi. Notre moineau ne doit pas être très loin...

— Il a peut-être été kidnappé ? avance Langlois. Regarde l'appartement en bordel, la porte d'entrée ouverte, la noirceur totale... tous les signes sont là, non ?

— Justement, rétorque Dubuc. Justement. La mise en scène est trop parfaite à mon goût. On veut nous faire croire que Jeannot Vallières a été kidnappé !

— C'est pas ton avis ?

Pour toute réponse, Dubuc retourne fouiller dans la cuisine et revient quelques instants plus tard. Il tient à la main une petite valise métallique grise.

Ouverte.

Vide…

* *
*

Le vendredi matin, Philippe Soubrier sirote un verre d'eau, assis dans la salle d'interrogatoire devant Dubuc et Langlois. Les deux policiers l'ont attiré sous prétexte de lui parler de nouveaux développements dans l'enquête. En réalité, ils veulent le cuisiner sur son rôle véritable le soir du meurtre du député Plamondon. Pour briser sa résistance, Dubuc utilise un vieux truc : il a réglé le thermostat dans la petite salle à plus de 30 degrés Celcius et fait poireauter Soubrier pendant une bonne demi-heure afin qu'il transpire abondamment.

L'adjoint du député tente de briser la tension qui règne dans la pièce surchauffée.

— Vous avez du nouveau sur l'enquête ?

— Justement, on pense que tu peux nous aider, répond Dubuc.

Le policier fait jouer la vidéo de la soirée de fondation du PLIQ, jusqu'à l'endroit où Soubrier verse un verre d'eau qu'il tend ensuite à l'inconnu visible seulement de dos dans son chandail portant le numéro 88.

Dubuc précise :

— Le rapport d'autopsie a confirmé que le député a bel et bien été drogué avant de mourir,

                              Le député décapité

mais environ une heure auparavant, ce qui le placerait en plein sur l'estrade, pendant son discours. Selon le laboratoire, la drogue pourrait avoir été facilement versée dans un verre d'eau, comme celui que tu as préparé pour ton patron.

— Mais j'ai simplement versé de l'eau, c'est tout ! D'ailleurs, vous voyez mes mains sur l'image, je n'ai rien à cacher !

Langlois intervient.

— Tu aurais très bien pu mettre la drogue dans le pichet d'eau avant d'être filmé par la caméra, la verser dans le verre du député et jeter le reste.

Soubrier s'agite sur sa chaise. Il a visiblement très chaud.

— C'est… c'est du délire, votre histoire ! Est-ce que vous m'accusez de quelque chose ? Est-ce que j'ai besoin d'un avocat ?

— Calme-toi. C'est juste une petite rencontre pour obtenir des informations de ta part. D'ailleurs, tu étais trop loin de l'estrade pour remettre toi-même le verre d'eau au député. Par contre, on voit très bien que tu l'as remis à quelqu'un devant toi, visible seulement de dos. Tu le connais, ce moineau-là ?

Soubrier hausse les épaules.

Langlois suggère de faire à nouveau défiler l'image, mais l'autre s'énerve.

— Quand même vous feriez défiler l'image dix mille fois, je vous dis que je le connais pas, votre suspect !

Dubuc sent qu'il va le perdre et tente de le calmer.

— Essaie de te rappeler : as-tu demandé à cet inconnu de remettre le verre d'eau au député, ou s'il a pris l'initiative ? C'est important…

Malgré ses efforts de concentration, Soubrier n'arrive pas à se rappeler.

— L'assemblée de fondation du PLIQ, ce fut une soirée magique, dit-il. Des mois et des mois d'efforts qui aboutissaient enfin avec le lancement officiel du Parti des libertés individuelles du Québec! Le député Plamondon était heureux, j'étais heureux et tous nos partisans dans la salle étaient fiers ce soir-là. Enfin, nous avions le parti idéal et l'homme politique le plus populaire pour vraiment changer les choses aux prochaines élections. Alors, voulez-vous bien me dire pourquoi j'aurais décapité Marc-André!

Philippe Soubrier est à bout de résistance. Accablé par la chaleur, il s'éponge le front, puis relève ses manches de chemise, révélant un tatouage impressionnant sur son avant-bras gauche.

— Hé, super beau, ton tatouage! s'exclame Dubuc.

— C'est le dieu romain Janus, représenté par deux visages. Il avait la connaissance du passé et de l'avenir, fait Soubrier, une certaine fierté dans la voix.

— Ah bon. Moi, j'ai plutôt entendu dire que Janus, c'était le symbole d'un « visage à deux faces »...

En début de soirée, Dubuc s'apprête à quitter le bureau pour la fin de semaine. Langlois est assis devant lui et se fait insistant.

   Le député décapité

— Viens donc faire un tour ! C'est le party de départ du patron, après tout. Marcel Simard ne reviendra pas avant un bout de temps !

— Je sais bien, bout de chandelle, mais j'essaie d'éviter d'avoir Bérubé en pleine face, comprends-tu ?

Quelques heures plus tard, le personnel et les policiers de la Sûreté du Québec, détachement de Chesterville, se retrouvent dans une petite salle au sous-sol de l'hôtel Continental au centre-ville. Langlois constate avec plaisir que son collègue a changé d'idée.

— Je pouvais pas faire ça à Marcel, dit Dubuc. En plus, je m'emmerdais tout seul à la maison, un vendredi soir...

Langlois approuve, puis entame une conversation avec un collègue qui s'est approché. Resté seul dans son coin, Dubuc est mal à l'aise. Les foules l'angoissent. On dirait que les murs de la pièce se referment lentement sur lui... l'espace réduit... le manque d'air... sa respiration s'accélère... Après avoir aperçu Marcel Simard, il s'approche, lui souhaite bon courage et quitte précipitamment l'endroit.

Vers 23 heures, Dubuc somnole chez lui devant le téléviseur lorsque son cellulaire sonne. Il reconnaît à peine la voix angoissée de Lucien Langlois.

— Roméo, viens tout de suite !

— Où es-tu ?

— En prison !

9

Peu avant minuit, Dubuc arrive nerveusement au poste de la SQ de Chesterville. Il échange quelques mots avec l'officier en service à cette heure tardive. Puis, il consulte rapidement le rapport de police, saisit un trousseau de clés, descend au sous-sol et se rend jusqu'au bloc des cellules. De loin, il aperçoit Lucien Langlois tournant en rond dans sa cage.

En le voyant, l'autre lui tend les bras à travers les barreaux. Les deux hommes tentent maladroitement de se faire l'accolade, sans dire un mot. Ils travaillent ensemble depuis des années. Langlois a toujours été le confident de Dubuc, celui à qui ce dernier avoue sans pudeur ses peines profondes et ses échecs dans la vie. Mais cette nuit, c'est son collègue qui a besoin de lui : Lulu le discret, Lulu qui vit seul, Lulu qui n'a pas de famille et très peu d'amis...

— Bout de chandelle, mais qu'est-ce qui t'arrive, mon vieux ? Le rapport de police dit que tu t'es fait arrêter pour conduite en état d'ébriété ! En plus, tu as résisté à ton arrestation, alors on t'a amené en prison !

Langlois n'a aucune explication à fournir et se frotte les yeux comme s'il sortait d'un mauvais rêve.

Dubuc essaie de lui faire saisir la gravité de la situation.

— Le rapport parle de conduite dangereuse avec facultés affaiblies. Tu avais 0,12 milligramme d'alcool dans le sang ! C'est assez pompette pour tuer quelqu'un au volant ! Tu m'as toujours juré ne jamais prendre une goutte d'alcool ! Que t'avais le gosier aussi sec qu'un chameau !

— Mais c'est vrai, Roméo ! Je te jure ! Oui, j'ai bu toute la soirée au party du patron, mais juste de l'eau minérale !

Dubuc tente de se calmer.

— Désolé Lulu, mais il va falloir que tu sois plus convaincant !

— Mais je te répète, Roméo ! C'était *seulement* de l'eau minérale...

Son insistance intrigue Dubuc, qui réfléchit à voix haute pendant que son collègue continue de clamer son innocence.

— Supposons que tu as raison, Lucien. As-tu des témoins ? Quelqu'un qui pourrait corroborer que tu buvais seulement de l'eau minérale ? Le barman qui t'aurait servi un verre, par exemple ? Ou quelqu'un avec qui tu aurais jasé pendant la soirée ?

— Pas vraiment. Moi, les partys, j'ai pas l'habitude, alors je reste presque toujours tout seul dans mon coin.

— Après deux ou trois verres, as-tu ressenti les effets de l'alcool, les idées embrouillées, des étourdissements, des trucs du genre ?

   Le député décapité

— Pas vraiment. C'est seulement quand j'ai pris la route que je me suis senti tout à coup plutôt étourdi.

— À quelle heure as-tu quitté la salle de réception de l'hôtel ?

— Vers 10 h 30...

— Pour rentrer chez toi ?

Langlois approuve.

— As-tu noté quoi que ce soit d'anormal ?

— Je suis pas certain, mais en sortant du stationnement, j'ai eu l'impression d'être suivi...

*　*

*

En début d'après-midi samedi, Dubuc stationne discrètement sa voiture banalisée devant la résidence d'Olivier Tourangeau. Il attend depuis plus d'une heure que le dernier client quitte le bureau, afin d'être seul avec l'avocat. N'y tenant plus, il aborde directement la réceptionniste vers 14 h 15 en lui montrant son badge de policier.

— Désolé, madame, mais vous devez sortir tout de suite ! Il y a une fuite de gaz dans tout le quartier et ça risque d'exploser à tout moment !

— D'accord, mais je dois d'abord prévenir Me Touran...

— Laissez, je m'en occupe ! dit-il, pendant que la réceptionniste prend ses affaires et détale à toute vitesse.

Dans la salle d'attente, le policier entrevoit Me Tourangeau en discussion avec son client. Quelques instants plus tard, les deux hommes sortent du bureau. Dubuc se pointe dans l'encadrement de la porte. L'avocat est surpris.

— Ma secrétaire ne m'avait pas prévenu de votre visi...

— Elle a eu une petite urgence familiale, répond le policier, en se laissant tomber dans un moelleux fauteuil, pendant que l'avocat se réfugie derrière son bureau.

— J'imagine que c'est au sujet de votre enquête ?

Dubuc s'avance et lance sur son bureau la photo montrant le député Plamondon au lit dans les bras de Daniela.

— Cette photo compromettante, votre fils Thomas l'a remise il y a deux jours à la journaliste Manon Pouliot du *Progrès de Chesterville*.

Tourangeau ne semble pas l'écouter. Après un instant, il rend la photo au policier et éponge la sueur qui perle sur son front. Pour la première fois, il semble avoir perdu son arrogance naturelle.

— Écoutez, s'il fallait que cette photo se retrouve dans les journaux, Sergent Dubuc, elle détruirait non seulement la réputation de Marc-André, mais aussi les chances de succès du PLIQ aux prochaines élections !

— Je vous répète que c'est votre propre fils, Thomas, qui l'a remise à la journaliste.

— Voyons donc ! Il est inconcevable que Thomas ait...

— La scène a été filmée par une caméra de surveillance au bar VerseJoie.

Troublé par ces révélations, Tourangeau fait machinalement les cent pas près de son bureau, les mains dans le dos. Il semble réfléchir intensément.

L'enquêteur décide de le pousser un peu...

— Mon premier réflexe est de croire que votre fils agissait sur vos instructions. Je crois aussi qu'en salissant la réputation du député, vous songez

                    Le député décapité

sérieusement à prendre sa place à la direction du PLIQ...

Pour toute réponse, Tourangeau va fermer la porte de son bureau et revient près du policier.

— Écoutez, Sergent, je vais être franc avec vous : j'ai effectivement eu cette photo en ma possession mercredi dernier. J'ignore d'où elle provient, mais on l'a glissée de façon anonyme dans une enveloppe sous la porte de mon bureau. Vous imaginez ma stupeur en voyant Marc-André au lit avec... cette femme !

— Avez-vous conservé l'enveloppe ?

— Non, pourquoi ?

— Pour les empreintes éventuelles. Trop tard de toute façon. Continuez...

— Ma première pensée a été pour notre parti, le PLIQ. Vous savez comment les gens sont sensibles à l'odeur de scandale !

— Vous n'avez pas répondu à ma question. Comment cette photo compromettante s'est-elle retrouvée jeudi dernier entre les mains de votre fils Thomas, qui l'a remise discrètement à la journaliste Manon Pouliot ?

L'avocat s'est rassis dans son fauteuil et sa main gauche joue machinalement avec un stylo. Le policier avait noté ce tic nerveux à leur première rencontre.

— Je peux vous faire une confession, Sergent ? Dubuc roule des gros yeux.

— Allez plutôt voir un curé !

— Écoutez, je suis un avocat réputé, mais un père plutôt raté. À l'adolescence, Thomas a très mal pris mon divorce. Depuis, sa mère semble avoir réussi à lui faire croire que je suis un ignoble individu. Ces dernières années, il est devenu effronté, menteur, voleur et j'ai découvert en plus qu'il se drogue. J'assume ma part de responsabilités, puisque j'ai longtemps fait passer ma carrière avant lui.

Dubuc écoute attentivement l'avocat, qui ajoute :

— J'imagine que mercredi dernier, Thomas a fouillé dans mon bureau en mon absence. Il a trouvé cette photo compromettante et s'est empressé de la remettre à la journaliste au bar VerseJoie. Thomas sait très bien que j'ai l'intention de briguer la direction du PLIQ pour succéder à Marc-André, si les membres du PLIQ m'honorent de leur confiance. En créant un scandale autour du PLIQ, tant les membres que moi-même sommes éclaboussés. C'est une belle façon pour Thomas de prendre sa revanche...

— Qui a pris cette photo ?

— Je l'ignore, Sergent.

Le policier appuie sans gêne ses deux poings sur la vitre épaisse du bureau immaculé de l'avocat.

— Écoutez-moi bien, Me Tourangeau. J'ai relevé trois appels de votre part au domicile de la veuve Maltais le soir du meurtre. D'après l'afficheur du téléphone, vos appels ont été faits entre 9 h 30 et 11 h, c'est-à-dire autour de l'heure présumée du meurtre. Quels rapports entretenez-vous avec la veuve Maltais ?

Cette fois-ci, Tourangeau devient écarlate et échappe son stylo sur la moquette grise de son bureau. Dubuc sait qu'il vient de faire une trouée dans la belle armure de dignité de l'avocat.

— Promettez-moi... Sergent Dubuc, si cette histoire sort de ce bureau, c'est la fin de ma carrière politique ! Élise et moi nous voyons à l'occasion depuis six mois, je l'avoue. Nous avons tout fait pour garder le secret. J'imagine qu'elle en avait assez de se faire rabâcher les convictions politiques incessantes de Marc-André, et Dieu sait comment il pouvait être casse-pieds quand il le voulait ! De mon côté, je suis divorcé depuis de nombreuses années.

— Pourquoi avoir appelé la veuve Maltais trois fois le soir du meurtre ?

— J'avais besoin d'entendre sa voix, c'est tout.

— Vous seriez prêt à faire beaucoup pour cette femme, n'est-ce pas ?

— Beaucoup, répond Tourangeau.

— Jusqu'à tuer pour elle ?

— Vous blaguez, évidemment !

Le policier note cependant que l'avocat a recommencé à faire tourner nerveusement le stylo dans sa main gauche.

*　　*
*

Le samedi en début de soirée, Dubuc lave sa voiture dans son entrée de cour. Une Lincoln noire, aux vitres teintées, passe et repasse lentement à quelques reprises devant sa résidence. Par mesure de précaution, il s'assure que son pistolet semi-automatique 9 mm est à portée de main dans le coffre à gants de son auto. La Lincoln s'immobilise enfin au bout de son entrée de cour asphaltée. Un homme de forte carrure, portant un habit noir, une chemise blanche et des lunettes foncées, s'avance vers Dubuc. Le policier devine sans peine à qui il a affaire...

— M. Lombardo voudrait vous parler...

Dubuc dépose sa chaudière d'eau sur l'asphalte, puis s'essuie les mains.

— Va dire à Vince qu'il peut venir me parler quand il veut...

Le garde du corps italien se mord les lèvres, cherchant à contenir son impatience.

— M. Lombardo est dans la voiture. Il vous attend...

— Désolé, mais on n'a rien à se dire.

En se penchant pour reprendre sa chaudière, Dubuc sent une main puissante se refermer sur son bras. Il tourne brusquement la tête et reconnaît l'homme armé qu'il a basculé par-dessus une table au *Ristorante Buon Apetito*, à sa dernière rencontre avec le mafieux Vince Lombardo.

Dubuc lui jette un regard transperçant.

— Si tu lâches pas mon bras...

Le garde du corps relâche immédiatement son étreinte et ajoute :

— M. Lombardo voudrait vous parler. Il a des informations pour votre enquête...

— Vince veut m'aider pour mon enquête ? Ah, mais il fallait le dire tout de suite, mon ami ! Allons vite voir ton patron...

Dubuc se rend jusqu'à la voiture et prend place sur le siège arrière aux côtés de Lombardo, qui n'a rien manqué de la scène.

— Sergent, merci d'être venu ! Je peux vous offrir un verre ? Scotch, gin, whisky, rye, vin blanc, rouge, bière ?

Sur ces mots, Lombardo fait basculer le panneau de la console devant lui, qui dévoile une série de bouteilles d'alcool. Le contraste entre les deux hommes est saisissant : Lombardo est parfumé et tiré à quatre épingles, avec veston et pantalon Hugo Boss. À l'opposé, Dubuc transpire abondamment et porte un t-shirt troué et sale, des shorts Adidas et des sandales étriquées.

— J'aime mieux rester sobre, pour garder mes idées claires!

Lombardo lève son verre.

— Je voulais vous offrir de collaborer à votre enquête, Sergent Dubuc.

— Soyons sérieux, Vince! T'es toi-même une «personne d'intérêt» dans cette affaire de meurtre! Quand certaines sources t'ont confirmé que le député Plamondon ne serait pas aussi facile à «manipuler» que tu l'avais cru au départ, tu as voulu récupérer tes 250 000 $ versés au PLIQ! Et qui sait, tu as peut-être même déjà réussi!

Lombardo fait mine d'ignorer ce commentaire.

— Vous et moi cherchons la même chose dans cette enquête, n'est-ce pas?

— La valise avec l'argent?

— Aidez-moi à retrouver mes 250 000 $ et je vais vous aider à capturer le meurtrier du député Plamondon. J'ai des connexions bien placées en haut lieu, vous savez...

Dubuc en a assez entendu pour ce soir. Il s'agrippe à la banquette de cuir devant lui pour s'extirper de la Lincoln. Une fois dehors, il pointe un doigt accusateur en direction du mafieux...

— C'est vrai, on cherche la même affaire. Par contre, nos méthodes sont complètement différentes. Si je retrouve la valise pleine d'argent, j'ai aussi des chances de retrouver le meurtrier. Dans ton cas, tu n'hésiterais pas une seconde à envoyer ta propre mère au fond d'un lac pour récupérer ton argent...

Dubuc claque violemment la portière de l'auto et retourne laver sa voiture, pendant que la Lincoln noire démarre dans un crissement de pneus.

* *
*

À son arrivée à la SQ lundi matin, Dubuc est convoqué au bureau de Bérubé.

— Assis-toi. Pour ton information, Langlois est suspendu de ses fonctions en attendant que l'enquête interne sur sa conduite en état d'ébriété soit complétée.

Le policier bondit comme un ressort.

— Bout de chandelle, Bérubé, tu peux pas me faire ça ! Lulu, c'est mon partenaire d'enquête depuis des années. On travaille tellement bien ensemble !

Le patron a un geste d'impatience et le fait rasseoir.

— T'as lu le rapport de police comme moi, alors tu connais les circonstances. Langlois a été arrêté vendredi soir passé, après le party de Marcel Simard à l'hôtel Continental. Il conduisait sa voiture avec facultés affaiblies. Il avait 0,12 milligramme d'alcool dans le sang ! En plus, il a résisté à son arrestation, alors on n'a pas eu d'autre choix que de lui faire passer la nuit en cellule ! C'est ça les faits, Dubuc !

L'autre se sent au pied du mur.

— Quand mon partenaire d'enquête me dit qu'il n'a pas pris une goutte d'alcool, je le crois ! Au party, il s'est contenté de boire de l'eau minérale, bout de chandelle !

   Le député décapité

Mais l'émotion de Dubuc ne semble pas impressionner outre mesure le nouveau patron.

— Je te répète que Langlois est suspendu de ses fonctions en attendant son enquête interne. Pas question pour lui de se montrer la face au poste de police, ni de participer à l'enquête policière en cours sur le député Plamondon. C'est clair ça, Dubuc?

— Bout de chandelle! J'aimerais mieux que tu me passes un bras dans le tordeur! Ça me ferait moins mal que de perdre Lucien!

Sur ces mots, Dubuc se lève pour sortir, mais le patron l'interpelle:

— J'ai pas fini, rassis-toi! Pendant la suspension de Langlois, il te faut un autre partenaire pour continuer l'enquête.

Dubuc agite les mains devant lui, comme pour nier l'évidence.

— Je suis certain que Lulu va revenir dans quelques...

— À ta place, je me ferais pas trop d'illusions. Les enquêtes internes, ça peut traîner des semaines et même des mois.

Sur ces mots, Bérubé compose un numéro de poste à l'interne. Quelques instants plus tard, on frappe à sa porte. La patron accueille le nouveau venu avec le sourire et une cordiale poignée de main.

— Assis-toi, mon Tanguay...

Dubuc a tout de suite noté le changement de ton et d'attitude de son patron, qui semble nettement plus à l'aise en présence de Steve Tanguay. Âgé de seulement 34 ans, le jeune policier a été transféré aux enquêtes criminelles du détachement de Chesterville il y a deux ans, mais a fait carrière dans la région précédemment.

Bérubé enchaîne :

— Dubuc, un enquêteur avec ton expérience pourrait bien travailler avec Tanguay. Langlois est temporairement suspendu, mais je t'offre l'occasion de mener l'enquête avec un jeune détective dynamique, qui est là pour t'aider pis apprendre de toi. Sans compter que notre *Stevie Boy* est le frappeur étoile de son équipe de baseball dans la ligue régionale *Old Timers*! Il a remporté deux années de suite le trophée du meilleur claqueur de circuits pour Chesterville. Notre Steve, il sait se servir de ça un batte de baseball!

Bérubé fait un sourire entendu à Tanguay. Pour sa part, Dubuc constate qu'en réalité, il sait très peu de choses sur son jeune collègue. La perte de Langlois reste dure à avaler. Malgré lui, il se braque...

— Écoute Bérubé, je veux pas de ta petite vedette de baseball comme partenaire! J'ai besoin d'un gars qui pense comme moi, qui est efficace dans un interrogatoire serré de suspect... pas un beau grand blond qui va faire des clins d'œil aux femmes, bout de chandelle!

Bérubé se lève. Il se sent directement visé par l'attaque de Dubuc.

— Tu sais pas de quoi tu parles, Dubuc. J'ai eu l'occasion de voir Steve en action dans une salle d'interrogatoire. Crois-moi, tu voudrais pas être à la place du suspect! Je me souviens d'un vendeur de drogue qui jouait avec ses nerfs. À un moment donné, Steve en a eu assez. Il a pris son stylo et l'a planté comme un clou dans la main du gars! L'autre a fini à l'hôpital, mais il a tout raconté!

Dubuc est plutôt horrifié du récit de son collègue. Bérubé s'en aperçoit.

— D'accord, c'est un cas assez extrême, mais je voulais juste te dire que si la fin justifie les moyens, tu peux compter sur Steve.

Tanguay prend la parole pour la première fois depuis le début de la rencontre.

— Écoute, Roméo, je suis pas Langlois, mais je pense qu'on devrait essayer de collaborer. T'es un gars d'expérience pis les enquêtes, t'as ça dans le sang !

Malgré lui, Dubuc est sensible au compliment.

— Écoutez, c'est sûr que j'aimerais mieux travailler avec Langlois, mais dans les circonstances, disons qu'on peut essayer de...

Bérubé n'attendait que ce moment pour clore la discussion.

— On peut rien faire pour Langlois en attendant son enquête interne, alors autant mettre à profit deux bons détectives. Je sais que vous me décevrez pas les gars !

10

Depuis la réunion de ce matin, Dubuc constate que son nouveau partenaire Steve Tanguay le suit comme son ombre : aux archives, à la salle de repos et même aux toilettes...

— Aie, *Stevie Boy*, laisse-moi respirer un peu ! On est partenaires au travail, pas au lit, bout de chandelle !

Malgré tout, Dubuc décide de faire contre mauvaise fortune bon cœur. Pour partir du bon pied, il décide d'inviter son nouveau partenaire au lunch.

— Je connais un restaurant qui vient juste d'ouvrir. C'est moi qui paye !

Ils roulent jusqu'à l'extrémité sud de Chesterville, où une pancarte fraîchement peinte affiche « Casse-croûte des Cantons ».

Les deux hommes s'installent sur une banquette et la serveuse leur apporte le menu.

Tanguay jette un coup d'œil rapide et se rabat sur les nouilles chinoises. Pour sa part, Dubuc opte pour un plat qui fait sourciller son collègue.

— *Le sandwich aux patates frites !* s'exclame Tanguay, sans y croire.

— C'est une spécialité de la maison ! Tu beurres deux tranches de pain, ensuite...

Le téléphone de Dubuc sonne. Il prend l'appel, puis se lève et marche d'un pas rapide vers la sortie du restaurant, sous l'œil étonné de son collègue.

— Répète-moi ton nom...

— Jeannot Vallières.

— C'est toi qui travaillais à l'hôtel Impérial ?

— Oui...

— *Shit*, mon garçon ! Tout le monde te cherche depuis le soir du meurtre ! Depuis maintenant deux semaines, en fait ! Ton patron, la police et la mafia aussi. Sais-tu dans quel paquet de merde tu te trouves présentement ?

— Fallait que je me cache, *man*. Je suis suivi depuis des jours...

— Suivi ? Comment le sais-tu ?

— Avez-vous été à mon appartement ?

— C'est le fouillis total ! Pourquoi es-tu suivi ? As-tu tué le député Plamondon ?

— Non ! Non ! Je vous jure ! J'ai juste apporté le champagne à la chambre...

— Le député était là ?

— Non, seulement une fille en déshabillé cochon qui me faisait de l'œil. J'ai débouché la bouteille et je suis ressorti tout de suite.

— Tu as eu assez de temps pour injecter ou verser quelque chose dans le champagne et droguer le député ainsi que la fille.

— *No way*, M. Dubuc ! J'aurais jamais fait ça !

Le détective sait qu'il n'a que quelques minutes avant que son collègue Tanguay, resté à l'intérieur du restaurant, ne vienne à sa recherche. Il décide de forcer un peu la conversation avec Jeannot Vallières...

　　　　　　　　　　Le député décapité

– Écoute mon gars, je suis enquêteur de police depuis plus de 30 ans, alors arrête de me prendre pour une grosse nouille ! Si t'es suivi depuis le soir du meurtre, c'est certainement pour une bonne raison. Je te le demande encore : es-tu impliqué dans la mort du député Plamondon ?

À l'autre bout du fil, Dubuc entend maintenant la respiration saccadée du jeune employé de l'hôtel Impérial. On dirait qu'il fait une crise d'asthme !

– Ok ! Ok, *man* ! Correct ! C'est moi qui l'a volée la valise d'argent dans la chambre !

– Explique-toi !

– Ben, à peu près une heure après avoir apporté le champagne à la chambre, je suis repassé sur l'étage, devant le 309. La porte était pas complètement fermée, mais on n'entendait rien à l'intérieur. J'ai trouvé ça bizarre, surtout que le député passait la nuit avec une belle fille super sexy. Habituellement, ce monde-là aime pas être dérangé, vous comprenez. J'ai frappé. Pas de réponse. Je voulais juste leur offrir de monter encore du champagne…

Dubuc s'impatiente. Entre-temps, son partenaire Tanguay vient de sortir du restaurant et s'est mis à sa recherche. De loin, il lui fait un signe de la main pour indiquer que tout va bien.

– Accélère, mon garçon !

– Quand je suis entré dans la chambre, j'ai vu seulement un homme habillé pis étendu sur le lit. J'ai parlé assez fort, pour être sûr qu'il m'entende approcher. Aucune réaction. Quand je suis arrivé près du lit, j'ai vu qu'il s'était fait trancher la tête ! Jupiter, j'ai jamais vu quelque chose d'aussi épouvantable ! Le sang avait pissé partout sur le drap autour de lui ! Super dégueu, *man* !

– Qu'est-ce que t'as fait, alors ?

— Je voulais vomir ! J'ai couru aux toilettes, mais la porte était barrée de l'intérieur. J'ai pas eu le temps de sortir, ça fait que j'ai vomi sur le tapis près du lit.

— Ensuite ?

— Je savais que la police viendrait dans la chambre. Pour pas laisser trop de traces, j'ai pris des *napkins* pour nettoyer le tapis, à quatre pattes à terre. C'est là que j'ai aperçu une petite valise grise en métal en dessous du lit, comme si quelqu'un l'avait poussée avec le pied pour la cacher. En l'ouvrant, j'ai réalisé qu'elle était bourrée de *cash* ! Le *cash* là-dedans, c'était malade, *man* ! Malade ! Ça fait que j'ai pris la valise, pis j'ai sacré mon camp au plus vite !

— Tu disais que t'es suivi depuis le soir du meurtre ? Comment le sais-tu ?

— À cause des petites affaires qui me mettent super sur les nerfs, comme une auto stationnée près de la maison tard le soir... quelqu'un qui me suit trop proche...

Dubuc devine que Jeannot Vallières est probablement en danger grave.

— Écoute, mon garçon, je connais ceux qui sont à ta recherche. C'est pas des enfants de chœur, crois-moi ! Ils n'hésiteront pas à te battre à mort avec un batte de baseball pour récupérer leur argent. La police peut t'aider si tu collabores à l'enquête. Où es-tu présentement ?

Dubuc entend à nouveau la respiration saccadée de Jeannot, qui lutte contre la sensation de terreur profonde qui vient de l'envahir jusqu'aux tripes. Le policier devine que cet ex-toxicomane préférerait rester *underground*, mais qu'il n'a pas

     Le député décapité

le choix : il doit pouvoir compter sur la protection de la police s'il veut rester vivant…

— M. Dubuc. Si jamais il m'arrivait quelque chose… j'ai caché l'argent dans un casier au terminus d'autobus, ok ? Les 250 000 $ sont dans un sac de gym, pis la clé du casier est dans mon app… arte…me…

La communication téléphonique devient de plus en plus faible. Dubuc sent qu'il va bientôt perdre son interlocuteur en raison de la friture sur la ligne.

— Jeannot ! Où ça, dans ton appartement ?

L'appel a été coupé.

* *

*

Dubuc fait la file au comptoir du restaurant Tim Hortons. Il aperçoit Manon Pouliot à une table du fond, en train de siroter son café matinal et va la rejoindre.

La journaliste l'accueille avec un grand sourire. On est mardi matin, jour de parution du *Progrès de Chesterville*. Dubuc sait bien que toute nouvelle de dernière heure susceptible de faire la manchette est évidemment la bienvenue…

— Ça fait deux semaines que vous enquêtez sur le meurtre du député Plamondon, Sergent Dubuc. Avez-vous une petite primeur pour ma prochaine édition ?

— Je pourrais te relancer la balle : toi qui adores la politique, tu n'aurais pas quelque chose de juteux sur Philippe Soubrier ?

— C'est un suspect dans votre enquête ? demande Manon, soudain intéressée par la question.

— On n'a rien de vraiment solide sur le gars pour l'instant...

— De mémoire, Soubrier a fait un doctorat en sciences politiques aux États-Unis. Un type brillant, spécialiste des libertés individuelles et du désengagement de l'État dans la vie des citoyens. Ses positions se rapprochent beaucoup de celles des groupes libertariens et conservateurs, qui considèrent que le rôle du gouvernement n'est pas de redistribuer la richesse. Pour eux, l'État devrait se limiter à protéger les droits individuels des citoyens, ce que faisait valoir le député avant sa mort.

— Soubrier s'est donc inspiré des idées de Plamondon ?

— Plutôt l'inverse, Sergent. Quand le député a claqué la porte du gouvernement pour devenir indépendant, il ne connaissait pas grand-chose aux libertés individuelles. Par la suite, Soubrier, qui venait de rentrer au pays, a découvert le talent exceptionnel du député Plamondon : un politicien capable de vulgariser des concepts abstraits pour les faire accepter dans le grand public, fonder un nouveau parti politique, amasser plein d'argent et gagner des élections !

— Ça ne devait pas toujours aller comme sur des roulettes entre ces deux personnalités aussi différentes ! lance Dubuc.

Manon éclate de rire.

— Vous autres, les enquêteurs criminels, vous n'arrêtez jamais de chercher des puces partout !

   Le député décapité

Je ne crois vraiment pas que Philippe Soubrier ait quelque chose à voir dans la mort du député…

— C'est ton opinion ! fait Dubuc, en avalant un gros beigne au chocolat.

* *

*

En fin d'avant-midi, Dubuc gare sa voiture près d'un terrain vague dans le parc industriel. Il sort son cellulaire et compose un numéro. Langlois est au bout du fil.

— Lulu, c'est moi. Tiens-tu le coup, mon vieux ?

L'autre sent à nouveau le besoin de justifier sa situation.

— Roméo, je te jure que je n'ai pas…

— T'inquiète pas, Lulu. As-tu pu vérifier l'information que je t'avais demandée sur la veuve Maltais ?

Il note un long silence au téléphone. Langlois a toujours eu un tempérament posé. Dans les circonstances, il devine que sa retraite temporaire forcée entourant sa conduite en état d'ébriété le ronge de l'intérieur. Pour l'instant, ce détective de métier a été vidé de toute substance. Il ne peut plus enquêter. Et Dubuc, lui, ne sait pas vraiment quoi dire, comme s'il se trouvait devant un malade en phase terminale…

Langlois finit par répondre :

— Élise Maltais est bel et bien propriétaire de la résidence conjugale. La maison et tout le domaine sont enregistrés à son nom à elle. Il y a une vingtaine d'années, sa famille a vendu l'usine de transformation du métal qu'elle possédait depuis 65 ans à Sorel. Au décès de leur père, chacune des trois

filles, dont Élise, a reçu une part substantielle de
la vente. En d'autres mots, la veuve Maltais est
financièrement à l'aise.

Dubuc note l'information.

— C'est tout ?

— Attends, j'ai autre chose ! lance Langlois avec
enthousiasme, content de parler à son collègue au
téléphone. En vérifiant les finances de madame,
j'ai constaté qu'elle avait fait deux retraits importants depuis la mort de son mari.

— Combien, demande Dubuc.

— 50 000 $ chaque fois, à trois semaines d'inter-
valle.

— Pour des rénovations ?

— J'en doute...

Dubuc réfléchit un instant.

— C'est douteux en effet...

Une série de bips interrompt leur conversation.

— Reste en ligne une seconde, Lulu.

Dubuc prend l'appel puis devient blanc comme
un drap, incapable de réagir.

Lorsqu'il reprend la communication avec Langlois, sa voix trahit un profond malaise...

— On vient de retrouver une jeune femme
morte dans son condo au centre-ville...

— Quelqu'un qu'on connaît ? demande Langlois.

— Une certaine Daniela...

   Le député décapité

11

En arrivant au complexe immobilier Le Bourgeois, Dubuc vérifie la liste des résidents au tableau du hall d'entrée. À l'appartement 611, le nom indiqué est resté en blanc. Les ambulanciers et le coroner sont déjà arrivés. Tout le monde semble s'affairer frénétiquement autour de lui. Le détective croise son partenaire Steve Tanguay.

— Suis-moi, le cadavre est dans la salle de bain.

En entrant dans la petite pièce au plancher de carreaux blancs et noirs, Dubuc constate qu'il a les deux pieds dans l'eau. De toute évidence, la baignoire a débordé. Quelques chandelles parfumées en pot sont tombées sur le plancher mouillé. Le corps sans vie de Daniela est dans la baignoire. Un fil électrique noir branché court le long du mur jusqu'à un séchoir à cheveux immergé sous l'eau mousseuse du bain. La jeune femme gît sur le dos, complètement nue, le bras droit replié sur ses seins comme par pudeur, les jambes ramenées sous elle. Ses grands yeux bleus fixent le plafond de la salle de bain.

— Vous la connaissiez ? demande le coroner à Dubuc.

– Pas vraiment. Daniela m'avait dit qu'elle se sentait en danger quand je l'ai rencontrée l'autre soir. Elle est morte électrocutée dans son bain, c'est ça ?

Le coroner se penche pour examiner à nouveau la peau de la victime.

– Lorsque le séchoir a touché l'eau, le courant électrique a produit une forte décharge. À première vue, aucune trace de brûlure superficielle, mais les tissus profonds de la peau sont certainement très endommagés, on verra à l'autopsie. La victime est probablement morte sur le coup, de fibrillation ventriculaire, un trouble du rythme cardiaque. Je dirais que le décès remonte à deux heures, tout au plus.

– Donc, vers l'heure du midi. Qu'est-ce qui s'est passé ici ? demande Dubuc.

– Ma première hypothèse serait celle du suicide. Ces chandelles tombées sur le plancher, l'eau renversée partout, tout cela pourrait indiquer que la victime s'est fortement agitée quand le séchoir a produit une violente décharge électrique en tombant dans l'eau.

– Ou bien, elle s'est débattue contre son agresseur.

– Vous croyez qu'elle a été assassinée ? demande le coroner avec étonnement.

– Regardez l'emplacement du séchoir, répond Dubuc. Il y a deux prises électriques sur le mur. Une directement ici, au-dessus du bain et l'autre un mètre plus loin, au-dessus du lavabo, dans laquelle est justement branché le séchoir. Si Daniela voulait se suicider, d'après ce que vous suggérez, elle l'aurait branché directement au-dessus du bain, plutôt qu'un mètre plus loin, vous ne croyez pas ?

— Eh bien, si la victime n'était pas seule, on devrait donc pouvoir relever des indices, des traces quelconques…

L'un des agents de la SQ vient trouver Dubuc.

— À notre arrivée tantôt, il y avait un chien poméranien qui jappait et grattait la porte de l'appartement pour entrer. J'imagine que sa maîtresse l'avait mis dans le corridor. Des voisins sur l'étage ont prévenu le concierge de l'immeuble. C'est lui qui a découvert le corps de la victime dans l'appartement.

Dubuc quitte la salle de bain pour se rendre dans la petite cuisine. Quelques techniciens passent les lieux au peigne fin. Il s'adresse à l'un d'entre eux.

— C'est quoi ce ronronnement qu'on entend ?

— Le lave-vaisselle est en marche…

— Ah bon. Il est à quel cycle maintenant ?

— Fin de rinçage.

Dubuc s'approche et ouvre la porte du lave-vaisselle pour jeter un coup d'œil : il n'y a que deux verres à vin propres à l'intérieur. Dans la poubelle, le policier trouve également une bouteille de Beaujolais vide.

Pendant tout ce temps, Tanguay le suit du regard, appuyé sur le mur près de la salle de bain. Dubuc se tourne vers lui.

— T'en penses quoi, *Stevie Boy* ?

— Je me demandais juste comment le meurtrier est entré dans l'appartement ?

— On est au sixième étage. Les fenêtres du condo sont scellées. La seule issue possible, c'est la porte…

— Justement, dit Tanguay. La porte. Peut-être que le meurtrier possédait un double de l'appartement.

— Pas bête. Ça pourrait aussi suggérer que Daniela connaissait son agresseur. Suffisamment, en tout cas, pour le laisser entrer et prendre un verre de vin en sa compagnie...

* *
*

En début de soirée mardi, Dubuc quitte le bureau et file discrètement à l'agence de rencontres *Destinées amoureuses*, située dans un petit local du centre-ville.

Le policier s'assoit dans la petite salle d'attente confortable et feutrée. L'endroit lui est familier, puisqu'il est aussi un client. Quelques minutes plus tard, la secrétaire l'amène au bureau de la propriétaire. Dubuc note l'élégance naturelle ainsi que l'allure très professionnelle de cette femme d'affaires. Mais ce sont surtout ses yeux rouges et bouffis qui attirent son attention.

— Vous préférez que je revienne ? dit-il.

Malgré sa maîtrise d'elle-même, Marianne Campeau a peine à refouler ses larmes.

— J'ai appris la mort de Daniela cet après-midi, c'est épouvantable !

— C'était une amie à vous ?

— Une amie et une cliente, oui. Je l'avais encouragée à avoir des fréquentations sérieuses, à songer à fonder une famille. Daniela avait rencontré quelques candidats par le biais de mon agence, mais elle avait un tempérament plutôt volage et préférait sa liberté. Elle était venue me voir pour

Le député décapité

obtenir l'adresse de la candidate que vous deviez rencontrer l'autre soir au Pigalle, afin de la remplacer. J'ignorais ses intentions réelles, mais elle semblait très nerveuse. Quelque chose d'important la troublait ce jour-là, c'est certain.

— Elle vous a parlé du député ?

— Pour être franche avec vous, Sergent Dubuc, j'ignorais même qu'ils se connaissaient. Je l'ai appris seulement par la suite...

— Saviez-vous que Daniela était avec le député Plamondon dans sa chambre, lorsqu'on l'a retrouvé décapité.

— Pas du tout ! Pauvre fille, pas étonnant que je l'aie vue dans un tel état !

Dubuc pointe du doigt l'ordinateur sur le bureau.

— J'aurais besoin du nom de vos clients qui ont fréquenté Daniela. Simple vérification d'usage pour l'enquête.

— Je vais vous imprimer les fichiers tout de suite, dit Marianne Campeau, en s'installant à l'ordinateur.

Quelques instants plus tard, elle remet trois dossiers au détective.

— Tenez, ce sont les trois hommes qui ont fréquenté Daniela Harvey avant sa mort.

Dubuc prend les dossiers, mais constate que l'un d'entre eux est vide. Il en fait la remarque à Marianne Campeau, qui vérifie à l'ordinateur.

— Le fichier électronique a été effacé...

— Effacé ? Par qui ? s'étonne Dubuc.

*　*

*

Au poste de police, mercredi matin, Dubuc prend un appel sur son cellulaire.

— C'est Jeannot Vallières ! dit la voix angoissée.

Comme lors de son appel au policier deux jours plus tôt, l'employé de l'hôtel a le souffle court de celui qui fuit parce que sa vie est en danger.

— Ils me cherchent encore, Monsieur Dubuc ! Quelqu'un est revenu fouiller mon appartement cette nuit ! Ma sœur me l'a dit, elle reste de l'autre bord de la rue. Elle a vu de la lumière vers deux heures du matin. C'est certain qu'ils cherchent la valise avec l'argent !

— Où es-tu actuellement Jeannot ?

— Dans une cabine près de l'ancienne *shop* à Poitras, voisin du Petro Canada.

— Je connais. Bouge pas, j'arrive !

Un quart d'heure plus tard, le policier descend de sa voiture près de l'ancien atelier de soudure. Les terrains en friche tout autour témoignent que l'endroit est abandonné depuis des lustres. L'enseigne rouillée « Poitras Soudure » se balance au vent. Dubuc aperçoit la cabine téléphonique et s'y dirige.

Le récepteur téléphonique pend au bout de son fil. Le bottin est ouvert. Le policier découvre son propre numéro de cellulaire griffonné au bas d'une page. Mais nulle trace de Jeannot Vallières.

— Bout de chandelle, il était pourtant ici il y a quelques minutes !

Dubuc marche lentement aux alentours, vérifiant les abords de l'atelier désaffecté ainsi que le site du Petro Canada.

Rien.

En désespoir de cause, il contacte son partenaire.

— Tanguay, est-ce que Jeannot Vallières m'a
appelé ?

— Non. Pourquoi ?

— Il m'avait demandé de le retrouver près de
l'ancien atelier à Poitras, mais nulle trace de lui.
Viens me rejoindre, d'accord ?

— Tu vas devoir patienter un peu, Roméo. Il
faut que je finisse mon rapport pour 9 heures à
matin. Tu sais à quel point Bérubé est chialeux
là-dessus ! Je te rejoins dans une petite demi-heure,
correct ?

— Fais ça vite, mon vieux !

Entre-temps, Dubuc retourne examiner les
abords de la cabine téléphonique et s'explique mal
cette disparition soudaine de Jeannot. Il semblait
si nerveux, si anxieux de profiter de la protection
de la police. Son passé de toxicomane fait aussi
qu'il redoute instinctivement les forces de l'ordre.
Le téléphone décroché n'est pas bon signe, se
dit-il. Jeannot a dû déguerpir en vitesse…

Le policier se penche vers le sol, à la recherche
d'indices éventuels. Étant donné qu'il a plu la nuit
dernière, le sol est plutôt meuble ce matin. Près de
la porte, il distingue des empreintes d'espadrilles,
puis de souliers, qui entrent et sortent de la cabine.
Dubuc tente de regrouper ces éléments et raisonne
à voix haute :

— Les traces d'espadrilles ne sont pas profondes et, d'après sa photo à l'hôtel, Jeannot est un
garçon plutôt chétif. Ce serait donc lui. Par contre,
les empreintes de souliers sont nettement plus longues et plus profondes… celles d'un homme plus
grand et plus costaud.

Le nez rivé au sol à la façon d'un chien de chasse
pour suivre les déplacements des deux hommes,

le détective perd soudain de vue les empreintes d'espadrilles, à quelques mètres de la cabine. Il se redresse et se gratte le front, perplexe...

— Bout de chandelle, Jeannot ne s'est quand même pas volatilisé !

Un peu plus loin, il voit des empreintes de souliers plus profondes dans le sol.

— Un troisième homme ? Plus pesant que l'autre ?

Quelques instants plus tard, le policier fait un constat troublant : ce sont les mêmes empreintes que précédemment, mais elles s'enfoncent davantage dans le sol parce que l'homme transporte maintenant une charge : quelque chose... ou quelqu'un ! Près de là, des traces de pneus viennent confirmer ses pires soupçons : Jeannot a probablement été attaqué près de la cabine téléphonique et transporté de force dans une voiture !

Avant de repartir, Dubuc tente avec difficulté, en raison de sa corpulence, de pénétrer à l'intérieur de la cabine. Au moment où il va saisir le bottin, un objet dissimulé à l'intérieur tombe et heurte le sol avec un bruit métallique.

Une petite clé, avec un numéro...

Au même instant, Dubuc voit arriver en trombe la Mustang rouge de Tanguay, montée sur de larges pneus qui projettent la boue fraîche partout autour d'eux.

*   *

*

Confortablement assis dans la salle d'attente du bureau d'Olivier Tourangeau, Dubuc lit distraitement un numéro écorné de *L'Actualité*.

Le ton est poli, mais ferme :

— Vous vouliez me voir au sujet de votre enquête, j'imagine, Sergent Dubuc ? Alors, faites vite. Je dois être au Palais de justice juste après l'heure du lunch.

Dubuc sort de sa poche ce qui ressemble à un agenda et le dépose sur la table à café près du fauteuil.

— On a retrouvé ceci dans les affaires du député. C'est son journal personnel...

L'avocat allonge le bras pour le saisir, mais Dubuc le retient.

— Son journal personnel ? J'ignorais que Marc-André écrivait de la poésie intime. C'est pour m'en lire un passage que vous êtes venu ?

Le policier feuillette lentement plusieurs pages du journal personnel du député. Après quelques instants, il lève les yeux vers l'avocat.

— Non, le député n'écrivait pas de la poésie, je suis certain que vous le savez. Par contre, il semblait avoir l'habitude de consigner par écrit plusieurs « secrets » de la vie privée des gens dans son entourage au PLIQ.

Tourangeau s'est levé pour arpenter nerveusement son bureau. Cette fois, le ton est agacé :

— Ah ça, Marc-André avait un petit côté « fouineux » qui déplaisait à bien du monde. C'était plutôt ennuyeux, pour être franc avec vous...

— Et ça fonctionnait ?

— Assez souvent, oui. À force de conversations, de contacts personnels et d'intuition, Marc-André finissait souvent par découvrir la vie privée des gens de son entourage...

— Le député Plamondon parle aussi de vous dans son journal intime. Le saviez-vous ? demande Dubuc.

— Probablement. On se connaissait depuis près de 30 ans, vous savez. C'est donc normal qu'il ait...

— À la page 64, il parle de votre « secret » à vous...

— Marc-André n'aurait jamais fait ça !

Dubuc fait une grimace, suggérant que la réalité est différente. Le teint de Me Tourangeau s'empourpre. Il se lève brusquement et semble très agité.

— *Shit !* Je sais bien qu'Élise et Marc-André continuaient de vivre ensemble pour sauver les apparences, mais il n'avait pas le droit d'écrire que je voyais régulièrement sa femme depuis des mois, même dans son journal intime !

— Est-ce qu'il était au courant de votre liaison avec sa femme ?

— Oui, et il a réussi à me faire chanter comme un rossignol ! Il m'a tordu le bras pour fusionner mon parti, La Droite Unie, au PLIQ. Marc-André disait que la population serait prête à accepter un chef de n'importe quelle orientation politique, mais jamais un chef qui trompe son meilleur ami avec sa femme !

— Vous avez fusionné pour éviter un scandale ?

— Avec regret...

Dubuc le pousse cette fois dans ses derniers retranchements.

— Sur le plan politique, la mort du député fait votre affaire...

— À quoi faites-vous allusion, Sergent Dubuc ?

— Il était le seul à connaître votre liaison avec sa femme. Maintenant qu'il est mort, votre secret est enterré avec lui et votre réputation politique reste intacte. Ça doit vous soulager, non ?

　　　　　　　　　　　Le député décapité

Dubuc sort du bureau, laissant le journal personnel du député Plamondon sur la table à café.

Tourangeau se précipite dessus et le feuillette nerveusement.

Il ne contient que des pages blanches…

12

Vince Lombardo est attablé pour le lunch au fond de son restaurant *Ristorante Buon Apetito*. Ses trois gorilles sont près de lui. L'un d'eux feuillette distraitement la section des sports du *Journal de Montréal*, tandis que les deux autres jouent aux cartes.

Après avoir mangé ses cannellonis, Lombardo se lève, lance sa serviette sur la table voisine et se dirige vers les toilettes près du vestiaire. Mais au moment de verrouiller, il reçoit la porte en plein front, poussée violemment par Dubuc qui se trouvait derrière, dans le corridor. À travers la porte entrebâillée, le mafieux ressent le canon d'un pistolet enfoncé dans ses bourrelets de chair.

— Silence Lombardo, compris ?

Les deux hommes se parlent sans vraiment se voir. La scène pourrait presque se passer dans un confessionnal.

— Les chiottes, c'est le seul endroit où je peux te jaser tranquille, sans avoir tes gorilles sur le dos !

— Comment avez-vous réussi à venir jusqu'ici ? demande Lombardo, effrayé de la facilité avec laquelle Dubuc a déjoué ses gardes du corps.

Pendant qu'il parle, il tâte son front qui saigne et l'éponge avec du papier de toilette.

— Je suis entré par la porte arrière, en même temps que le livreur de pain.

— Que voulez-vous ?

— La vérité, Lombardo ! Un suspect pour mon enquête a disparu dans des circonstances bizarres ce matin. J'ai de bonnes raisons de croire qu'il savait où se trouve la valise contenant les 250 000 $. Ce matin, son dernier appel provenait d'une cabine près de l'ancien atelier de soudure à Poitras, voisin du Petro Canada. Où étais-tu en début d'avant-midi ?

— Désolé, Sergent. J'ai couché à Montréal hier soir et mes trois hommes m'accompagnaient. Nous sommes revenus à Chesterville vers 10 h ce matin. Vous pouvez vérifier...

— À quel hôtel es-tu descendu ?

— Au Ritz-Carlton.

— Tous les quatre ? Bout de chandelle, on ne voit jamais un chat dans ton restaurant, mais tu fréquentes les endroits les plus branchés de Montréal !

— J'ai eu un peu d'argent de famille. L'héritage de ma vieille mère qui a travaillé fort toute sa vie à laver des planchers.

— Bien sûr, bien sûr, rétorque Dubuc, prêt à décerner le trophée du meilleur menteur à Lombardo.

— Sergent, vous pouvez compter sur ma collaboration si vous m'aidez à récupérer mon argent. C'est « donnant-donnant », comme on dit. Il s'appelle comment, votre suspect ?

Dubuc ricane.

    Le député décapité

— Pour que tu puisses le torturer jusqu'à ce qu'il te révèle où il a caché la valise ? Désolé, Lombardo !

Sur ces mots, le policier recule et ouvre grand la porte des toilettes. Il fait signe au mafieux de sortir.

— Retourne à ta table sans faire de chichi ni alerter tes trois gorilles. De mon côté, je vérifie ton alibi pour ce matin. Si jamais tu m'as menti, mon enfant de nanane, tu vas me revoir dans ta soupe, c'est juré !

*　*

*

Richard Bérubé stationne discrètement sa voiture derrière le Motel Resto-bar L'Alouette. Quelques minutes plus tard, celle de Tanguay vient se garer à côté de lui, en sens inverse. Les deux policiers baissent leurs vitres respectives pour se parler.

— Dubuc est rendu où dans l'enquête ? demande sèchement Bérubé.

— Ça avance pas fort. Quand je l'ai rejoint à la cabine téléphonique à matin, il m'a expliqué sa théorie sur la disparition de Jeannot Vallières. Mais pour l'instant, c'est juste une théorie !

Bérubé est nerveux.

— Le problème avec Dubuc, c'est qu'il va remuer ciel et terre pour la vérifier et trouver son coupable. Si je comprends bien, il n'a rien de solide, c'est ça ?

Tanguay forme un cercle avec le pouce et l'index.

— Z-é-r-o !

— Et pour les suspects ?

– À part Jeannot Vallières, il a interrogé la veuve Élise Maltais, Philippe Soubrier, Olivier Tourangeau, Vince Lombardo...

– Et le propriétaire de l'hôtel Impérial ?

– Sylvain Carignan ? Dubuc lui a parlé, mais surtout pour vérifier des informations le soir du meurtre.

Bérubé redémarre sa voiture.

– Écoute-moi bien, Tanguay. C'est trop tard pour forcer Dubuc à abandonner l'enquête, sans compter qu'il me ferait une grosse montée de lait auprès des patrons. Si je veux contrôler l'enquête, tu dois m'informer sans faute de ses activités, de ses théories, de ses progrès, de ses difficultés. Tu comprends ce que je veux dire ?

Tanguay approuve. Bérubé le salue d'un geste avant de repartir.

– Je ne t'oublierai pas, mon Tanguay, mes boss non plus...

* *
*

Dans la salle de repos du poste de police, la minuterie du micro-ondes vient à peine de sonner que Dubuc voit Manon Pouliot se diriger vers son bureau.

– Je peux vous parler ? demande la journaliste.

Le policier ne l'écoute que d'une oreille, tentant maladroitement de déposer son assiette brûlante sur son bureau.

– Vous réchauffez du pâté chinois ?

– C'est plutôt une tentative ratée de sandwich aux patates frites...

– De quoi ? ? ?

Manon jette un coup d'œil rapide sur l'assiette.

— Beurk, c'est dégueulasse votre affaire !

Dubuc prend l'assiette et en vide le contenu dans la poubelle.

— L'expérience est complètement ratée. Tu voulais me parler ?

— Vous vouliez des informations sur Philippe Soubrier ? J'ai parlé à un collègue à moi, du *Devoir* de Montréal, qui a suivi la création du PLIQ depuis ses débuts.

— Et alors ?

— En prévision de la fondation officielle du PLIQ, mon collègue a fait quelques entrevues avec Soubrier ces derniers mois, question de connaître ses principes, ses ambitions politiques, des trucs du genre. Il paraît que ça ne tournait pas rond depuis un bout de temps entre Soubrier et le député Plamondon.

— Que veux-tu dire ?

— Soubrier se plaignait que le député n'arrivait pas à saisir toute l'importance du PLIQ pour la société. Le député voulait développer le parti lentement, quitte à rester dans l'opposition pendant quelques années pour établir des bases solides. Soubrier, lui, était pressé. Il voulait que le PLIQ prenne le pouvoir dès les prochaines élections provinciales !

— De la chicane entre ces deux hommes ? demande Dubuc avec intérêt.

Le policier se frotte les mains pendant qu'il échafaude une théorie.

— Bout de chandelle, on pourrait penser que si Soubrier était tellement pressé d'avoir le pouvoir, il avait un motif sérieux de se débarrasser du député. Le soir même de la fondation du parti, Plamondon est assassiné et hop ! Soubrier prend le contrôle du PLIQ !

Dubuc modère soudain son enthousiasme.

— Attends ! Tourangeau m'a raconté que ce sont les militants du parti qui choisiront le prochain chef du PLIQ. Donc, Soubrier ne deviendrait pas chef par acclamation !

— Vous avez raison, rétorque Manon. Mais dans les faits, Philippe Soubrier est un peu l'éminence grise du Parti des libertés individuelles du Québec. Parmi plusieurs candidats éventuels à la chefferie du parti, c'est vers lui que la majorité des membres se tourneraient pour donner une orientation et de la crédibilité à leur parti, c'est certain...

— Soubrier, hein ? Difficile à imaginer...

Pour toute réponse, Manon se lève et se dirige vers la porte.

— Pourtant, c'est vous qui l'avez dit : le soir du meurtre, Soubrier s'inquiétait plus de la disparition des 250 000 $ du PLIQ que de l'assassinat de son patron !

*　*
*

Le jeudi midi, Dubuc se pointe sans prévenir chez Lucien Langlois à l'heure du lunch. Sa modeste maison en bardeau brun est située sur une route de campagne en dehors de Chesterville. Quand il ouvre la porte, Dubuc constate qu'il n'a pas bonne mine.

— Bout de chandelle, Lulu, tu devrais mettre le nez dehors plus souvent. On dirait que tu te pratiques à devenir un blanc d'œuf !

Langlois éclate de rire malgré lui. Le sens inné de la répartie de son collègue lui fait le plus grand bien. Depuis qu'il a été accusé de conduire en état d'ébriété et suspendu pour avoir résisté à son arrestation, ses sorties ont été très limitées.

— Tiens, j'ai apporté deux soupes, deux sandwiches et même du café Tim Hortons. On va luncher ensemble, mon Lulu !

— L'enquête avance ?

Dubuc pousse un soupir qui en dit long…

— Écoute, je suis convaincu que le député Plamondon est mort pour des raisons évidentes. Au moins quelques personnes profitent directement de sa disparition sur le plan politique, par exemple Soubrier ou Tourangeau, et même financier comme la veuve Maltais, Jeannot Vallières et aussi Vince Lombardo, s'il récupère son argent. Mais pourquoi avoir assassiné aussi Daniela Harvey ? Le coroner n'a pas encore confirmé que c'est bel et bien un meurtre, mais je suis prêt à m'épiler la moustache avec des pinces si on me prouve le contraire !

— Qu'est-ce que cette Daniela vient faire dans l'histoire ? demande Langlois, qui mange pour la première fois avec appétit depuis son arrestation qui remonte à près d'une semaine.

— C'est ça la question ! Je suis convaincu qu'en élucidant le meurtre du député Plamondon, on va aussi faire la lumière sur celui de Daniela. Tu as examiné comme moi la scène du crime à l'hôtel Impérial : juste avant le meurtre, Daniela s'est enfermée dans la salle de bain. Ensuite, elle s'est évanouie à cause de la drogue dans le champagne. En autant qu'on sache, la pauvre fille n'a jamais eu connaissance du meurtre et ne pouvait donc pas identifier l'assassin. Alors, pourquoi la tuer elle aussi ?

Langlois se rend compte que son collègue est tellement préoccupé par l'enquête en cours qu'il n'a même pas touché à son repas. Il sort quelques instants de la pièce et revient en déposant une enveloppe brune devant lui.

— C'est le résultat des recherches que tu m'avais demandées sur la veuve Maltais. En réalité, je l'ai suivie discrètement à bicyclette à Chesterville pendant deux jours cette semaine. Les photos sont dans l'enveloppe.

— Tu fais de la filature policière à bicyclette ? s'exclame Dubuc.

Un sourire anime le visage de Lucien Langlois pour la première fois depuis plusieurs jours.

— Pas le choix. Mon permis de conduire est suspendu pendant l'enquête interne. Tu ne veux quand même pas que je pourchasse les suspects en taxi !

Il consulte ses notes.

— Ah voilà : lundi, la veuve Maltais s'est entraînée à son gym puis a visité quelques boutiques de vêtements. Ensuite, elle a soupé avec une autre femme à la trattoria *Chez Alfredo*, au centre-ville. Elles font du bénévolat ensemble. Rien de très excitant...

— Le lendemain ?

— Mardi, elle est sortie vers une heure de l'après-midi pour se rendre directement au *Ristorante Buon Apetito*.

— Le repaire de Vince Lombardo !

Langlois ouvre l'enveloppe et étale devant son collègue une série de clichés agrandis. Dubuc peut voir Élise Maltais à la sortie du restaurant, accompagnée d'un homme chauve et bedonnant.

— Bout de chandelle, mais qu'est-ce que la veuve Maltais fait avec Lombardo !

Dubuc laisse tomber la photo sur la table. Il semble profondément troublé. Puis, il s'adresse à Langlois sur un ton dur.

— Tu as pris ces photos il y a deux jours, Lulu. Pourquoi avoir attendu avant de me les montrer ?

L'autre hausse les épaules.

— Écoute, certains jours, je suis en pleine déprime. Ça fait presque une semaine que j'ai été épinglé pour ma « prétendue » conduite en état d'ébriété. J'appelle régulièrement au bureau de Bérubé pour savoir ce qui se passe avec ma suspension. Il ne retourne jamais mes messages. C'est comme si je n'existais plus...

— L'enfant de chienne ! s'exclame Dubuc.

Il allonge la main pour saisir le bras de son collègue en guise de réconfort et prend un air jovial.

— Faut pas lâcher, mon vieux ! On va se battre contre ta suspension !

Dubuc jette à nouveau les yeux sur la photo devant lui, incapable de comprendre.

— Bout de chandelle ! Qu'est-ce qu'une femme instruite et mondaine comme la veuve Maltais fait en compagnie d'un truand régional comme Vince Lombardo ?

Langlois réfléchit un instant.

— Ces deux-là sont ensemble pour une affaire d'argent, conclut-il. C'est le seul point commun que je peux voir...

* *

*

En milieu d'après-midi, Dubuc revient à Chesterville. Près de chez lui, il ressent soudain au creux de son estomac une sensation qui le tenaille : la faim. Le policier était tellement préoccupé à discuter avec Langlois qu'il a littéralement oublié de manger sa soupe et son sandwich !

Il donne un coup de volant de dernière minute pour emprunter la rue Deguise en direction du Tim Hortons. À cette heure, le service à l'auto est bondé. Dubuc décide donc d'aller au comptoir à l'intérieur.

Il prend sa commande et s'installe à une table près de la grande vitrine qui donne sur la rue Principale de Chesterville. Le policier déguste lentement sa salade de poulet sur un bagel, accompagnée d'une soupe. Une jeune femme entre et prend place à une table devant lui. Elle partage un beigne avec un garçonnet d'une dizaine d'années, qui porte des vêtements visiblement trop grands pour sa petite taille. Assis en retrait, Dubuc les observe, mais c'est surtout le visage de la femme qui retient son attention. Même si sa silhouette trahit la jeune trentaine, quelques cicatrices profondes la vieillissent. Pas difficile de deviner que la vie l'a marquée. Elle écoute d'une oreille distraite son enfant turbulent lui parler, comme si elle était ailleurs. S'étant aperçue que quelqu'un la regardait, elle se retourne en souriant.

– Bonjour, M. Dubuc...

Le policier reste muet d'étonnement.

– Vous me reconnaissez pas, hein ?

Il ignore complètement à qui il a affaire.

   Le député décapité

– Je suis Liette Bardois.

Dubuc reçoit la nouvelle comme un coup de poignard en plein cœur.

Liette Bardois, la petite amie de son fils André, mort d'une overdose de drogue il y a une dizaine d'années !

Liette Bardois, qui avait appartenu à la Secte du chat, un culte actif et meurtrier à Chesterville, avant que la Sûreté du Québec ne réussisse à démanteler l'organisation et à mettre les principaux adeptes derrière les barreaux !

Liette Bardois, qui avait été reconnue coupable de complicité de meurtre et condamnée à huit ans de pénitencier !

Encore sous le choc, le policier parvient néanmoins à articuler :

– Tu es sortie de prison ?

Elle lui sourit d'un air maladroit qui fait voir sa mauvaise dentition.

– Oui. J'ai eu mon fils Jérémie peu de temps après mon arrivée en prison. Puisque j'ai ni parents, ni frères, ni sœurs, la DPJ me l'a enlevé pour le placer en foyer d'accueil. La famille adorait Jérémie. C'est pas un enfant facile, mais c'est le mien. Alors, à ma sortie de prison il y a deux ans, je l'ai repris pour l'amener vivre avec moi…

Liette flatte affectueusement les cheveux blonds du garçon, qui semble indifférent à son attention. Il se concentre plutôt sur la mouche qui bourdonne autour d'eux depuis quelques instants.

Malgré ses 30 années d'expérience dans les enquêtes criminelles n'ont pas préparé Dubuc au choc de cette rencontre irréelle. Ses idées virevoltent dans sa tête comme autant de feuilles d'automne balayées par le vent. C'est tout un pan de sa vie – plus de dix ans, en fait – qui revient maintenant le frapper de plein fouet. Dix années pendant lesquelles il a songé chaque jour à son fils André, à ce qu'il aurait fait dans la vie, à la famille qu'il aurait peut-être fondée, bref, à la vie qu'il aurait eue s'il n'était pas mort à 19 ans... tant de questions restées à jamais sans réponses. Ce face-à-face soudain avec Liette le fascine et lui répugne à la fois. Elle le réalise...

— Écoutez, je ferais peut-être mieux de partir...

Elle se lève et se retourne au dernier instant vers le policier pour dire d'une voix douce :

— Ça fait longtemps tout ça, vous savez, Monsieur Dubuc. J'étais jeune, rebelle et ma famille d'accueil m'avait foutue à la porte. Alors, quand les adeptes de la Secte du Chat m'ont offert leur affection, je n'ai pas pu résister. Je suis désolée du mal que j'ai fait...

Elle prend son enfant par la main et s'apprête à partir, mais Dubuc la rattrape au dernier instant.

— Non, attends ! Reste qu'on jase un peu. Te revoir fait remonter des émotions très fortes, mais j'essaie de me maîtriser. Dis-moi ce que tu viens faire à Chesterville...

Elle caresse à nouveau les cheveux de son enfant.

— J'habite à Sherbrooke, mais le dentiste de Jérémie a déménagé ici. Alors, puisque c'est le seul que mon fils accepte de voir sans pleurnicher, je n'ai pas le choix !

— As-tu du travail à Sherbrooke ?

— En prison, ils nous faisaient apprendre un métier. Je suis devenue coiffeuse et je travaille à temps partiel dans un salon pour dames.

— Qui s'occupe de Jérémie quand tu travailles ?

— Ma voisine d'appartement. Elle vit toute seule et ça lui fait de la compagnie.

Dubuc cesse soudain de poser des questions et observe l'enfant, qui semble plutôt indifférent aux gens qui l'entourent. Il a saisi le couteau et la fourchette en plastique dans l'assiette du policier et en fait des personnages imaginaires qu'il déplace sur la table. Habitué à examiner la physionomie des gens, le policier ne peut s'empêcher de noter la courbe du nez... les yeux très bleus de l'enfant. Un malaise l'envahit soudain...

— Quel âge a Jérémie déjà ?

— Neuf ans, répond Liette.

— Tu disais avoir accouché peu après ton arrivée en prison ?

— Oui.

Liette soutient le regard de Dubuc.

— Est-ce que toi et André...

Liette se lève brusquement et serre son fils contre elle.

— Vous pouvez arrêter vos insinuations, Monsieur Dubuc. La réponse est oui, votre fils André est le père de Jérémie.

— Et moi, je...

— Vous êtes son grand-père...

13

Debout dans son salon, Élise Maltais prend nerveusement le téléphone, puis le remet en place. Elle répète ce manège à quelques reprises avant de composer un numéro. La voix bourrue de Vince Lombardo résonne à l'autre bout du fil.

— Je vous avais dit de ne jamais m'appeler à ce numéro !

La veuve Maltais est à bout de nerfs. De l'autre main, elle tente maladroitement de s'allumer une cigarette.

— Oui, je sais, désolée Vince ! Mais c'est ce détective de la Sûreté du Québec, le Sergent Dubuc. Il m'a téléphoné hier soir.

— Qu'est-ce qu'il voulait encore ?

— Me parler des photos. La police aurait des photos de nous deux, sortant ensemble de votre restaurant.

Lombardo éclate de rire et lance un juron en italien.

— *Porco dio !* Ça prouve seulement que vous avez bon goût, *signora* !

Dans son état agité, Élise Maltais n'a pas le cœur à rire de ses plaisanteries.

— Écoutez Lombardo, je vous avais contacté parce que des collègues de mon mari m'ont suggéré de le faire. Vous m'avez promis d'avoir des résultats plus rapidement que la police locale. Je vous ai fait deux versements de 50 000 $ chacun, alors trouvez-moi des réponses, m'entendez-vous !

— Calmez-vous Élise ! Je vais obtenir ce que vous cherchez. N'oubliez pas que j'ai mes entrées partout, au provincial et au fédéral, chez des policiers, des avocats et même des juges. Je n'ai pas encore toutes les réponses que vous cherchez, mais je peux affirmer ceci : il est clair que le meurtre de votre mari est le résultat d'une machination qui va beaucoup plus haut qu'au niveau local. La police semble avoir les mains liées dans le dos dans cette affaire. Mes contacts au gouvernement vont me fournir les informations que vous recherchez. En attendant, les enquêteurs locaux essaient de me coller le meurtre de votre mari sur le dos parce qu'ils savent que j'essaie de récupérer les 250 000 $ que j'ai versés à la caisse électorale du PLIQ. Alors je vous le répète, laissez-moi faire...

— En attendant que les choses se calment, on devrait peut-être cesser de se voir, Vince ?

Lombardo a raccroché.

*　　*

*

Peu après le lunch jeudi, Dubuc insiste pour retourner sur les lieux du meurtre du député Plamondon à l'hôtel Impérial et demande à Tanguay de l'accompagner. Celui-ci pousse un soupir qui en dit long...

– L'équipe technique a déjà fait son travail pour relever des indices. Que veux-tu qu'on aille faire là ? lance Tanguay.

– Quand je retourne sur la scène d'un crime, j'ai parfois des intuitions que je n'avais pas à la première visite.

– Bon, si t'insistes. Mais pas question d'arrêter à ta cantine de sandwichs aux patates frites, compris !

À la chambre 309, Dubuc tente, en compagnie de son collègue, de reconstituer les moments qui ont précédé le meurtre.

– OK, reprenons ce qu'on sait : la porte de la salle de bain était barrée de l'intérieur, puisque Daniela s'y était enfermée.

Tanguay ajoute :

– On sait aussi que la valise avec 250 000 $ était cachée sous le lit.

Dubuc approuve.

– J'ai vérifié la porte de la chambre. En se refermant, elle se verrouille automatiquement de l'intérieur.

– Tu penses que le député aurait pu la laisser entrouverte pour une raison particulière ? demande Tanguay.

– Pas avec la meute de journalistes qui lui courait après pour une entrevue ! Sans compter que sa maîtresse était probablement déjà dans la chambre...

Tanguay enchaîne.

– Faudrait savoir qui possédait un double de la clé, à part Sylvain Carignan et Jeannot Vallières.

Dubuc hausse les épaules.

– À ma connaissance, personne d'autre.

– Alors, arrête de perdre ton temps, Dubuc! On le connaît ton coupable! lance brusquement Tanguay. Il fallait nécessairement un passe-partout pour entrer dans la chambre à l'insu du député et de Daniela. Seuls Carignan et Vallières en avaient un!

– Pas certain, Tanguay...

À l'étonnement de son collègue, Dubuc s'étend soudain sur le lit, au même endroit où le cadavre décapité du député Plamondon a été retrouvé mort sur le dos.

– Va à la salle de bain et apporte-moi un verre d'eau, veux-tu, ordonne Dubuc.

Son collègue s'exécute et revient quelques instants plus tard. Dubuc est étendu sur le dos, son cellulaire dans la main droite et prend le verre d'eau de la main gauche.

Tanguay devine qu'il tente de reconstituer les derniers mouvements du député Plamondon.

– On sait que le député était droitier. Il tenait donc son téléphone de la main droite comme ceci, t'es d'accord? demande Dubuc.

L'autre approuve.

– Parfait. Donc, il tenait nécessairement son verre de champagne drogué dans sa main gauche comme ceci. Toujours d'accord?

Tanguay approuve à nouveau.

– Eh bien, c'est ça le problème! lance Dubuc. Si le député était couché sur le dos lorsqu'il a été décapité, il aurait échappé son verre de champagne sur le tapis à gauche du lit, pas sur le matelas à sa droite comme on l'a constaté. D'après ma position sur le lit, c'est impossible de faire autrement, comprends-tu? On sait déjà qu'à gauche du lit, la tache sur le tapis était du vomi, pas du champagne...

     Le député décapité

Tanguay est contraint d'acquiescer.

— Qu'est-ce que tu suggères ?

Pour toute réponse, Dubuc se tourne sur le côté. Il fait maintenant face à la porte de la salle de bain où Daniela s'était enfermée. Il tient toujours le téléphone dans sa main droite, près de l'oreiller. Le verre d'eau est dans sa main gauche.

— Lorsque le député a été surpris par-derrière, poursuit Dubuc, il a échappé son verre de champagne devant lui sur le drap. Exactement ici, à l'endroit où le drap était justement mouillé.

Le policier dépose le verre à l'endroit où la coupe de champagne a été retrouvée.

Tanguay est visiblement fatigué de ce petit jeu.

— Mettons que c'est vrai. Ça prouve seulement que le député était couché sur le côté et non sur le dos quand il a été assassiné. Pas de quoi fouetter un chat !

Tanguay s'apprête à sortir, mais Dubuc le rappelle.

— Regarde la porte de la salle de bain.

— C'est une porte-miroir qui fait toute la hauteur.

— Exactement ! Et si le député était couché sur le côté, il a certainement aperçu dans le miroir son agresseur surgir *derrière lui* pendant une fraction de seconde. Pourtant, il n'a pas réagi. Il est resté couché *sur le côté*. Pourquoi, d'après toi ?

Tanguay hausse les épaules. Il s'en fout…

— Parce que le député Plamondon *connaissait* son meurtrier, mon vieux ! En regardant dans le miroir, il l'a vu s'approcher derrière lui, mais n'a pas bougé parce qu'il ne se sentait pas menacé. Ça explique qu'il soit resté étendu sur le côté. C'est seulement après avoir été décapité que son corps sans vie est retombé sur le dos.

— Félicitations pour ta brillante démonstration ! dit Tanguay. Personnellement, je continue de croire que Carignan et Vallières, qui circulaient à leur guise sur les étages pendant toute la soirée, auraient pu entrer et sortir de la chambre 309 à l'insu du député. Et fort probablement que le député n'a pas réagi en apercevant son meurtrier dans le miroir parce qu'il connaissait déjà ces deux hommes : le propriétaire de l'hôtel et le garçon d'étage qui avait apporté du champagne plus tôt en soirée.

Dubuc fait des efforts pour se redresser sur le lit et se remettre sur ses pieds.

— T'as probablement raison, mon vieux. J'ai parlé à ces deux hommes et, puisqu'ils font partie du personnel de l'hôtel, ils peuvent entrer et sortir partout, ni vus ni connus...

* *

*

Manon Pouliot recule sa chaise et s'allonge les jambes sur le bureau. Au même instant, un employé du journal surgit dans l'encadrement de la porte.

— L'édition est complète pour cette semaine !

La journaliste sort son cellulaire et compose le numéro de Chantal, sa grande amie du cours de yoga. Elles s'entendent pour aller boire une bière après souper et se retrouver entre filles. Manon prend ses affaires et sort par la porte arrière du journal, en direction de sa voiture. Elle ne voit pas tout de suite la Buick noire, garée près de sa Ford Fiesta. C'est seulement au dernier moment que Dubuc lui fait signe d'approcher. Elle s'installe sur la banquette avant, près du policier.

– Quelque chose ne va pas ? Vous avez l'air drôle ! lance Manon.

Dubuc ignore par quel bout commencer.

– Manon, je suis *grand-père*, bout de chandelle !

Contre toute attente, c'est au tour de la journaliste d'être clouée sur place.

– Mais, vous n'avez pas d'enfant ! Comment pouvez-vous être gran...

Dubuc fait un geste impatient pour l'interrompre.

– Écoute, je t'ai déjà parlé de mon fils André, je crois. Il est mort à l'âge de 19 ans, il y a plus de 10 ans, lors d'un party qui a tourné à la tragédie. André est mort dans l'ambulance, en route vers l'hôpital.

Manon connaît déjà cette triste histoire.

– Ce que tu ignores peut-être, poursuit le policier, c'est que six mois avant sa mort, André s'était amouraché d'une certaine Liette Bardois, une fille bizarre à l'époque, qui a été trimballée d'une famille d'accueil à l'autre. Elle appartenait à un culte satanique appelé la Secte du Chat et a fait de la prison pour avoir collaboré au meurtre de l'homme d'affaires J.A. Bussières, à l'époque.

Manon devine où Dubuc veut en venir...

– Ils ont fait un enfant ensemble, ajoute le policier. Le petit Jérémie est né pendant les premiers mois de prison de Liette. Comme ce n'est pas un enfant facile, il a été placé dans quelques familles d'accueil. Liette l'a repris avec elle à sa sortie de prison, il y a deux ans.

Encore sous le choc, Manon n'ose pas commenter la situation.

– Qu'allez-vous faire ?

— Impossible d'ignorer le fait que c'est l'enfant de mon fils André. Tu aurais dû voir le petit Jérémie ! Le portrait tout craché de son père ! J'avais l'impression qu'on était en train de me redonner quelques instants de bonheur.

Des larmes envahissent les yeux du policier. Manon essaie de l'égayer un peu.

— Hé, c'est formidable ! Maintenant, vous allez l'accueillir dans votre vie, n'est-ce pas ?

Dubuc sèche ses larmes et se mord les lèvres.

— Je ne crois pas, Manon, non...

— Mais pourquoi pas ?

— C'est plus compliqué que tu crois. Cette Liette Bardois a fait de graves erreurs de jeunesse. Elle a payé sa dette à la société, je suis d'accord, mais elle était avec mon fils le soir du party où il est mort d'une overdose. Elle n'a rien fait pour l'en empêcher ! Je ne pourrai jamais lui pardonner, même si je vis jusqu'à cent ans !

Manon sait bien qu'il ne sert à rien de chercher à influencer Dubuc. Ce père de famille a eu plus de dix ans pour tirer des conclusions de cette tragédie. Et même le désir de jouer au grand-père avec son petit-fils n'arrive pas à surmonter la rancune tenace qu'il éprouve pour Liette Bardois.

— Allez-vous les revoir ?

— Liette et Jérémie doivent revenir à Chesterville chez le dentiste dans quelques jours. Elle m'a laissé son numéro. Je vais les revoir une dernière fois. C'est difficile, mais ma décision est prise...

* *

*

   Le député décapité

En arrivant au bureau le lundi matin, Dubuc va se verser un café. L'histoire de Liette Bardois le préoccupe. Il n'a pas fermé l'œil de la nuit.

— Dubuc, t'as l'air d'un zombie à matin ! lance l'agent Mercier, dans un éclat de rire.

— Manque de sommeil. Tu finis ton chiffre, Mercier ?

— Ouais, la nuit a été mouvementée. À trois heures du matin, ils ont amené le jeune qui a tué le député Plamondon.

Dubuc s'étouffe presque.

— Qui ça ?

— Le garçon d'étage de l'hôtel Impérial.

Mais déjà, Dubuc a quitté la salle de repos. Il s'empare d'un trousseau de clés pour se ruer au sous-sol, en direction des cellules.

— Jeannot, Jeannot !

Il passe devant les cellules vides, jusqu'à celle où un homme assez frêle est étendu sur un banc. Lorsque le détenu tente de bouger à l'appel de son nom, Dubuc a un choc épouvantable : Jeannot Vallières n'a aucune expression. Son visage est mauve et roué de coups, il se tient les côtes et marche avec difficulté. Mais surtout, il tremble. De peur certainement, mais aussi comme un drogué en manque. Le policier constate que Jeannot est devenu une loque humaine…

Dubuc le regarde avec une profonde pitié. Il déverrouille la cellule et l'aide doucement à se redresser en position assise, comme on le ferait avec un vieillard malade. Il remarque aussi des traces de piqûres dans le pli du coude.

— Mon pauvre garçon. Qu'est-ce qu'ils t'ont fait ? Mais qu'est-ce qu'ils t'ont fait ?

Jeannot a de la difficulté à parler, en raison de sa lèvre inférieure enflée et ensanglantée. Tant son regard que ses pensées semblent perdus dans un brouillard épais. Il finit par dire :

— Je… j'ai tout avoué, Monsieur Dubuc.

— Avoué quoi, mon gars ?

Dubuc sait qu'il n'en tirera rien de plus. Il allonge lentement Jeannot sur la banquette, verrouille la porte et monte directement au bureau de Richard Bérubé.

Le patron est en compagnie de Tanguay, qui vient de faire une blague. Les deux hommes éclatent de rire. Dubuc fait irruption dans le bureau, tel un ouragan.

— De quel droit avez-vous arrêté Jeannot Vallières pour le battre comme un chien ? C'était un suspect dans l'enquête, rien de plus !

— Calme-toi, ordonne Bérubé. Il a résisté à son arrestation, alors on n'a pas eu le choix. Il s'est fait tapocher un peu.

— *Tapocher un peu* ? Mais le pauvre gars tient même pas debout sur ses deux pattes, tellement vous l'avez battu, ma gang de débiles ! Ça fait cinq jours que Jeannot a disparu de la cabine téléphonique où il m'avait donné rendez-vous mercredi passé. Vous l'avez probablement caché et drogué, en attendant de pouvoir l'amener ici pour en faire votre suspect principal. Bout de chandelle ! Vous travaillez pour qui, au juste ?

Cette fois-ci, Bérubé s'approche de Dubuc les poings serrés et se fait menaçant. Ce dernier lui rit en pleine face.

— Vas-y, Bérubé, fesse fort ! Ça fait longtemps que ça te picote dans les jointures, pas vrai ?

Bérubé réussit à se contrôler. Il explique :

   Le député décapité

– Jeannot Vallières trempe jusqu'au cou dans le meurtre du député Plamondon. C'est clair que ton grand cœur de Mère Teresa le prend tellement en pitié que t'es incapable d'évaluer objectivement la situation ! Pendant l'analyse de la scène du crime, on avait négligé un bouton doré retrouvé dans les draps. On croyait que c'était celui du veston de la victime. C'est plutôt le bouton de l'uniforme d'un employé de l'hôtel Impérial, probablement arraché par le député en voulant se défendre. Vérification faite, le seul uniforme auquel il manquait un bouton ce soir-là, c'était celui de Jeannot Vallières. Peu importe l'histoire qu'il t'a racontée, la réalité, c'est qu'après avoir apporté le champagne contenant la drogue à la chambre 309, il est revenu avec un passe-partout, il a assassiné le député pendant que la fille était évanouie dans la salle de bain et il a volé les 250 000 $! Ouvre-toi les yeux, Dubuc : Vallières est un ancien drogué, un ex-toxicomane qui a vécu plusieurs années dans la rue. C'est un gars habitué d'improviser, de mentir et de voler de l'argent pour se doper !

– Le bouton d'uniforme, c'est une preuve circonstancielle, rien d'autre ! rage Dubuc. Vous ne ferez pas condamner Jeannot à la prison à vie avec ça !

Tanguay tente de le calmer.

– Roméo, tu devrais savoir que Vallières a aggravé son cas en volant les 250 000 $. On a retrouvé la valise vide chez lui, mais pas l'argent. Aucun juge sain d'esprit ne va croire qu'après avoir volé la valise, il est ressorti tranquillement de la chambre pendant que le député était encore vivant.

– Mais consultez donc mes notes d'enquête, bout de chandelle ! Quand Jeannot a trouvé la valise d'argent sous le lit, le député Plamondon était déjà mort. M-O-R-T ! C'est écrit en noir sur blanc !

– C'est ça que Jeannot Vallières t'a raconté ? raille Bérubé. Mais t'es aussi naïf qu'une jeune mariée, mon Dubuc ! D'ailleurs, c'est fini pour lui, il nous a signé une confession la nuit passée.

Le chef de police sort un document du dossier de Vallières et le lance sur son bureau.

– Tiens, Vallières a tout avoué. Tout est là-dedans. En ce qui me concerne, la mort du député Plamondon est une affaire classée. *Next !*

Dubuc a la rage au cœur.

– Ouais, une confession certainement arrachée à coup de seringues dans le bras depuis cinq jours, quelque part dans un entrepôt désert du parc industriel !

– Tu sais comme nous autres que Vallières est un toxicomane, répond Bérubé sur un ton dur. T'as rien qu'à le regarder deux minutes, crisse, il *shake* comme s'il avait le Parkinson ! C'est un pourri qui a passé sa vie avec des aiguilles plantées dans le bras, même en prison quand il était capable d'avoir de la dope ! Un coup mal pris, Vallières *snifferait* même une bouteille de Windex !

– Jeannot m'a pourtant juré avoir lâché la drogue il y a deux ans ! laisse tomber Dubuc avec dépit.

Impatienté à son tour, Bérubé retourne derrière son bureau et invective le policier.

– Bon, assez sur Vallières. Dubuc, arrête de le faire passer pour une sainte nitouche, pis fais de l'air !

14

Dubuc n'a pas fermé l'œil de la nuit. Dans ses rêves, il revoyait Jeannot Vallières le corps meurtri, le visage tuméfié, l'esprit brisé. En arrivant au bureau le mardi matin, il constate qu'il n'a pas rêvé : l'employé de l'hôtel Impérial est bel et bien devenu le principal suspect dans la mort du député Plamondon !

En sirotant son café, le policier voit soudain arriver Philippe Soubrier, sac au dos, l'air nonchalant d'un éternel étudiant universitaire.

— Vous vouliez me voir ? dit-il, en repoussant l'épaisse mèche de cheveux blonds tombée sur son front.

Dubuc grimace. Il a complètement oublié lui avoir demandé la veille de passer au bureau. Au même instant, Tanguay entre dans le bureau et s'appuie nonchalamment sur le classeur pour assister à l'entrevue.

— Roméo, c'est correct si je participe à l'entrevue ?

Depuis que Bérubé et Tanguay ont malmené le suspect Jeannot Vallières à son insu, Dubuc prend un air réticent.

— Bon, si tu insistes...

Tanguay s'approche de Soubrier et s'assoit sur le coin du bureau, directement devant lui.

— Dans quelles circonstances avez-vous fait la connaissance de Lombardo ? demande-t-il.

— C'était il y a environ deux mois, lors d'une soirée pour recueillir des fonds, justement à l'hôtel Impérial. Marc-André m'a présenté plusieurs personnes ce soir-là, dont Lombardo.

— Il vous a offert de l'argent ?

— Pas tout de suite. Lombardo m'a d'abord dit que notre programme représentait un vent de fraîcheur en politique et qu'il avait les moyens de nous aider à « concrétiser nos idées ». C'est ce qu'il a dit…

— Vous l'avez contacté par la suite ? demande Tanguay.

— Je n'avais pas beaucoup le choix. Malgré la popularité du député Plamondon dans la région, la fondation d'un nouveau parti n'a pas amené nécessairement les généreux donateurs à se bousculer aux portes du PLIQ ! Après avoir payé les dépenses de la soirée de collecte de fonds, il nous restait environ 12 000 $ dans les coffres. C'est pas fort ! Alors, deux semaines plus tard, oui, j'ai contacté Lombardo. On s'est rencontrés à son restaurant et, quelques jours après, il m'a remis une petite valise grise pleine d'argent.

— Les 250 000 $ qui ont disparu ?

— Exact.

Soubrier se lève et regarde les deux policiers bien en face.

— Écoutez, je ne suis pas un imbécile ! Je connaissais très bien la réputation douteuse de Lombardo dans la région. Mais en politique, vous savez, l'argent est le nerf de la guerre ! *No money, no candy!* comme disent les Anglais. En autant que cet entrepreneur en construction prospère voulait aider le PLIQ à évoluer, je n'y voyais aucun inconvénient...

— Lombardo vous a-t-il imposé des conditions en vous remettant l'argent ? Par exemple, que le PLIQ devrait lui rendre des « petits services » plus tard...

— Pas à ma connaissance, rétorque Soubrier.

Dubuc intervient.

— Vous n'étiez pas intrigué de savoir pourquoi Lombardo vous avait contacté, vous personnellement, plutôt que le député ?

— Je ne me suis jamais posé la question...

— Étiez-vous au courant de ses contacts avec le crime organisé dans la région ? poursuit Dubuc.

— Écoutez, j'avais entendu des rumeurs, sans plus. Une autre règle en politique, c'est que l'argent n'a pas d'odeur, je vous l'ai dit...

— C'est pour ça que tout le monde dit que l'argent vous fait *tripper* plus que la politique ? insiste Tanguay.

— C'est faux ! Le PLIQ représente mon idéal de la politique ! lance Soubrier, en ramassant rapidement ses affaires pour sortir.

Dubuc fulmine.

— Bout de chandelle, Tanguay, on avait la chance de le faire parler sur le meurtre et tout ce qui t'intéresse, c'est de retrouver l'argent ?

— C'est tout ce qui manque pour boucler l'enquête, non ?

— Et le meurtrier ?

— On l'a déjà, notre meurtrier. Souviens-toi que Vallières nous a signé une confession...

Dubuc est dans son bureau et fixe le mur, l'air songeur. Il ne réagit pas lorsque Manon Pouliot cogne à sa porte. Constatant la lourde atmosphère qui plane autour du détective, elle tente de le dérider un peu...

– Ça alors, le Sergent Dubuc qui n'a pas faim ? C'est donc que l'enquête vous préoccupe plus que votre estomac ! Bonne nouvelle pour moi, parce que je cherche justement des nouvelles fraîches pour ma prochaine édition !

Le policier réagit à peine. Il donne l'impression de sombrer dans une torpeur qui l'enlise lentement mais sûrement dans des sables mouvants. Manon connaît bien cette attitude. Elle l'avait constatée lors de quelques enquêtes précédentes ; chaque fois, en fait, que Roméo Dubuc sentait l'enquête en cours lui échapper...

Le principal intéressé baragouine quelques mots, mais Manon n'est pas dupe. Elle sait qu'elle n'en tirera rien d'intéressant dans son état actuel. Prétextant un autre rendez-vous, elle file en coup de vent.

L'instant d'après, Bérubé entre dans le bureau de Dubuc. Il ferme la porte derrière lui et s'assoit. Contrairement à leurs rencontres précédentes, le ton est cette fois-ci plus cordial, presque amical...

– Écoute, Dubuc, je sais que toi et moi, c'est pas la grande amitié, mais on travaille ensemble, alors autant s'en accommoder. Je ne voudrais pas que tu me tiennes rigueur de ce qui se passe présentement. Considère que je n'agis pas de gaieté de cœur dans toute cette affaire...

Cette attitude conciliante de Bérubé, autant inattendue qu'intrigante, semble réveiller Dubuc de sa torpeur.

— De quoi parles-tu, au juste ?

— Il faut que tu saches que la Sûreté du Québec, tout autant que la Gendarmerie royale, surveillaient depuis plusieurs mois le député Plamondon et son groupe de partisans qui le suivaient depuis sa démission du gouvernement.

— Pourquoi ?

— Plusieurs éléments du programme du PLIQ sont considérés subversifs. Ce parti comprend un certain nombre d'agitateurs que le gouvernement en place a intérêt à tenir à l'œil. Le PLIQ prévoit redonner beaucoup de libertés individuelles aux citoyens. S'il prenait le pouvoir, ça risquerait d'être l'anarchie si ces partisans du « libéralisme » à l'américaine réclamaient des changements politiques et sociaux importants. Les gouvernements en place ne peuvent pas prendre de chance avec ça…

Dubuc est intrigué.

— Toi-même, t'es devenu patron de la SQ à Chesterville cinq jours seulement après le meurtre du député Plamondon. L'accident de la femme de Marcel Simard et le délit de fuite, c'était voulu ?

Bérubé regarde ailleurs. Visiblement, il préfère ne pas en parler.

— Écoute, Marcel a refusé de prendre congé pour me laisser diriger l'enquête. Alors, oui, on lui a forcé un peu la main avec l'accident de sa femme. Il fallait absolument que je le remplace…

Dubuc bondit sur ses pieds.

— Bout de chandelle, Bérubé, vous avez failli tuer Aline avec vos manigances ! Pourquoi toi en particulier pour diriger le bureau de Chesterville ?

— Parce que j'appartiens à l'Opération Archimède. C'est une cellule ultrasecrète formée conjointement par la Sûreté du Québec et la Gendarmerie royale du Canada pour surveiller les partis politiques considérés subversifs, autant à Québec qu'à Ottawa. Avec la mort du député Plamondon, qui était un modéré, le gouvernement craint que les éléments agitateurs au sein du PLIQ ne prennent le contrôle de cette formation politique.

— Bout de chandelle, Bérubé! On croirait t'entendre parler des terroristes en Afghanistan!

Son patron ignore la raillerie.

— Tu sais comme moi que la meilleure façon de surveiller les mouvements subversifs de près, c'est de les infiltrer, et c'est ce que nous avons fait. Après plusieurs mois de travail, un de nos agents avait réussi à se rapprocher du député Plamondon. Malheureusement, Daniela s'est suicidée depuis, comme tu le sais...

— Daniela Harvey était un agent infiltrateur?

— Elle avait commencé comme bénévole dans l'organisation du PLIQ. Peu à peu, elle s'est rapprochée du député Plamondon, jusqu'à devenir sa maîtresse. J'étais son point de contact. Elle me faisait régulièrement des comptes rendus sur les activités au sein du PLIQ. Malheureusement, sa mort nous prive maintenant de ses précieux services...

— Si Daniela se rapportait à toi, pourquoi est-elle venue me rencontrer secrètement au Pigalle? La pauvre fille était paniquée. C'est à toi qu'elle aurait dû confier ses angoisses, non?

— En principe, oui. Mais le meurtre du député Plamondon a chaviré Daniela. Elle ne retournait

   Le député décapité

plus mes appels et refusait qu'on se rencontre. Somme toute, je ne suis pas surpris qu'elle t'ait rencontrée pour déballer son histoire. Tu as appris des choses intéressantes ?

– Daniela savait que j'enquêtais sur la mort du député Plamondon et se disait suivie. J'ai cru que c'était par le meurtrier du député, mais elle faisait peut-être référence à quelqu'un d'autre à l'intérieur du PLIQ. Tu crois qu'on aurait voulu la faire taire ?

Bérubé hausse les épaules.

– Daniela savait beaucoup de choses...

* *

*

Le mercredi midi, Dubuc arrive tôt au Tim Hortons de la rue Deguise. L'endroit est encore plus bondé qu'à l'habitude. Il a téléphoné hier à Liette Bardois pour lui donner rendez-vous ici.

Vers l'heure convenue, il voit arriver Liette et Jérémie. Dehors, le garçon lui tient la main, tout en sautillant sur un pied. La jeune femme entre dans le restaurant, dévisage les gens autour d'elle et aperçoit enfin le policier à une table au fond. De son côté, Dubuc tente de maîtriser les émotions qui l'envahissent, alors qu'il s'apprête à annoncer à Liette sa décision de ne jamais les revoir, elle et son fils.

Ils échangent quelques banalités, tout en jetant un coup d'œil à l'enfant qui s'amuse à étirer un élastique entre ses doigts.

– Je voulais te parler au sujet de Jérémie, Liette...

Elle met affectueusement la main sur le bras de son fils.

— Je vous l'ai dit l'autre jour, M. Dubuc. Jérémie est toute ma vie. Un enfant ne fait pas juste grandir, il peut vous faire grandir avec lui si vous lui donnez de l'affection ! C'est ce que Jérémie a fait pour moi. Pour lui, je me lève chaque matin, je vais travailler, je mets un peu d'argent de côté pour les mauvais jours. Mon enfant m'a permis de tourner la page sur mon ancienne vie...

Dubuc écoute parler Liette en mode confessionnal. Elle s'est accoudée sur la table et joue nonchalamment avec une mèche de ses cheveux. De près, le policier peut encore discerner sur son visage et ses oreilles les marques des anneaux de métal qu'elle a autrefois portés et qui forment autant de cicatrices indélébiles de son passé trouble.

— Je voulais vous demander quelque chose, dit-elle.

— J'imagine qu'un peu d'argent pour Jérémie t'aiderait à boucler tes fins de mois, c'est ça ?

La question semble irriter la jeune femme.

— Écoutez, je ne suis pas riche, mais j'arrive à joindre les deux bouts, malgré mon cancer.

— Ton cancer ? C'est donc pour ça que tu voulais me voir ?

Le silence de Liette Bardois lui donne sa réponse.

— Les médecins m'ont appris que j'avais le cancer du foie. Je suis en phase très avancée. Ils pensent que c'est probablement causé par l'hépatite C, qui m'aurait été transmise par les seringues contaminées quand je me piquais.

— Pauvre fille… échappe Dubuc. Comme je te disais, je peux te donner de l'argent pour…

— Je veux pas d'argent, M. Dubuc ! C'est fini pour moi et je le sais. La conséquence de mon choix de vie malsain me rattrape. J'ai fait la paix avec moi-même et je l'accepte. Mais c'est à mon fils que je pense, à Jérémie…

— Qu'est-ce qui va lui arriver ?

Liette soupire.

— Dans quelques semaines, les services sociaux vont probablement le placer dans une famille d'accueil de la région, comme ils l'ont fait pour moi dans ma jeunesse. Mais vous l'avez vu, mon Jérémie ? Il ne tiendra pas le coup très longtemps. C'est un enfant sans défense qui exige beaucoup d'attention. Le psychologue dit qu'il traîne la patte à l'école, mais qu'il pourrait se rattraper s'il était bien encadré. Jérémie est intelligent, mais il a besoin d'un petit coup de pouce que seul un parent ou une personne très proche pourrait lui donner.

— T'as pas de parents ? Des frères, des sœurs ?

— Personne. J'étais fille unique et mes parents sont morts dans un accident d'auto quand j'avais 11 ans. J'ai été ballottée d'une famille d'accueil à l'autre, violée à 14 ans. Alors, vous comprenez que ce n'est vraiment pas la vie que je souhaite pour mon fils !

— Tu veux que je m'occupe de Jérémie, c'est ça ? fait Dubuc, habitué à deviner les pensées.

La question fait surgir les larmes aux yeux de Liette, qui s'essuie avec les manches de son chandail. Elle détourne le regard un instant vers son fils et articule avec difficulté…

— Peut-être que d'avoir Jérémie dans votre vie
vous permettrait de retrouver un peu votre fils
André que je vous ai volé...

Dubuc a lui aussi détourné le regard vers le
plancher. Il tente de réfléchir, pendant que Liette
sanglote en silence. Elle place sa main frêle sur
celle du policier, en guise d'avertissement amical.

— Pensez-y bien. Je vous l'ai dit, Jérémie n'est
pas un enfant facile, il exige beaucoup d'attention.
Vous êtes détective à temps plein. Auriez-vous le
temps de vous occuper de votre petit-fils ?

Dubuc redresse la tête.

Sa décision est prise...

15

Depuis deux jours, Roméo Dubuc n'a cessé de réfléchir au fait que sa vie allait irrémédiablement changer, maintenant qu'il avait accepté que son petit-fils Jérémie vienne vivre avec lui. Dans ses temps libres, le policier a commencé à aménager le sous-sol en prévision de son arrivée. Ce vendredi midi, il a donné rendez-vous à Liette et à Jérémie dans un centre commercial de Sherbrooke. Il compte sur Liette pour lui suggérer quoi acheter.

— Jérémie n'est pas difficile. N'importe quoi fera l'affaire, vraiment...

Mais le policier insiste.

— Je voudrais tellement que le sous-sol soit à son goût! Il va occuper l'ancienne chambre d'André, mais j'ai besoin d'idées pour la salle de jeu. Des films pour enfants? Une télévision? Un camion de pompiers? Quoi d'autre?

Liette constate avec plaisir que le nouveau grand-papa déborde d'enthousiasme.

— Jérémie n'est vraiment pas difficile, je vous dis. Mais si vous insistez, je vois un magasin de jouets là-bas. On peut aller faire un tour...

Le trio va faire quelques achats. Par la suite, tous trois s'arrêtent pour casser la croûte dans une pizzéria. Pendant le repas, Jérémie regarde ses jouets dans les sacs, mais semble déçu. Liette s'en aperçoit.

— T'aimes pas ton nouveau camion ?

Jérémie sort un camion jaune du sac et prend un ton pleurnichard.

— Je voulais avoir le rouuuuuge ! Comme les vrais camions de pompiers !

Liette remet le camion dans le sac d'un geste brusque.

— Eh bien, c'est tantôt qu'il fallait le dire, Monsieur Jérémie ! Maintenant, c'est trop tard pour chialer !

— Liette… aucun problème, fait Dubuc. On retourne le camion jaune et hop ! on le remplace par le rouge. Tout le monde est content. Viens avec grand-papa, Jérémie, on va aller l'échanger au magasin. Attends-nous Liette, on revient tout de suite…

Il semble tellement heureux dans son nouveau rôle qu'elle n'ose pas protester. Elle sourit à l'enfant, qui s'éloigne en tenant la main du policier.

Dès qu'il se sait hors de vue de Liette, Dubuc bifurque discrètement dans une autre allée du centre commercial. Dubuc a le goût d'être un peu seul avec l'enfant, de le connaître mieux, de jouer son rôle de grand-père sans se sentir épié à chaque instant. Il s'arrête soudain devant un comptoir de crème glacée Laura Secord.

— Ohhh ! Si t'es comme moi, Jérémie, je suis sûr que t'adores la crème glacée !

Les yeux ébahis de l'enfant le confirment. Dubuc s'adresse à la jeune fille derrière le comptoir.

     Le député décapité

— Mademoiselle, un beau cornet de crème glacée au chocolat avec deux boules suuuuuper géantes pour mon petit-fils Jérémie !

Installé à une table près du comptoir, il regarde avec intérêt l'enfant dévorer goulûment sa crème glacée et devine que c'est pour lui une friandise rare.

— Ta maman t'achète parfois de la crème glacée ?

L'enfant hoche la tête.

— Non.

— Dis-moi, c'est qui ton meilleur ami ?

Jérémie réfléchit un instant.

— Ben, j'en ai pas...

Dubuc éclate de rire.

— Voyons donc, tout le monde a un meilleur ami ! Même toi Jérémie, j'en suis sûr !

Sans cesser de manger sa crème glacée, l'enfant répond.

— Ben, là j'en ai pas, mais avant, c'était Benjamin mon meilleur ami.

— Avant quoi ?

— Quand je restais à l'autre place ?

— Toi et ta maman restiez à une autre place avant ?

— Non, *juste moi*, je restais à l'autre place avant.

Dubuc mesure soudain l'importance de chaque parole de Jérémie, comme s'il menait l'interrogatoire serré d'un suspect.

— T'as raison, je suis tellement bête ! C'était comment l'autre place avant ? Un appartement ?

Jérémie réfléchit à nouveau.

— C'est quoi, un appartement ?

Dubuc essaie d'une autre façon.

— Eh bien, est-ce qu'il y avait d'autres petits garçons comme toi où tu restais avant ?

Jérémie hoche la tête.

— Oui.

— Aviez-vous chacun votre chambre ?

— Non. On couchait tout le monde ensemble dans une grande chambre. Mon lit était à côté de mon ami Benjamin. C'est pour ça que c'était mon meilleur ami, je te l'ai dit tantôt, t'as pas compris ?

Dubuc devine soudain que l'enfant n'a pas séjourné en famille d'accueil, comme l'avait mentionné Liette, mais plutôt dans un orphelinat.

Jérémie achève de manger sa crème glacée et s'essuie les mains sur la table. Dubuc regarde nerveusement sa montre. Liette doit commencer à s'impatienter.

Il se lève et sort son cellulaire.

— Attends, je vais prendre ta photo avec ta face toute barbouillée de crème glacée, Jérémie. Fais un beau-sourire à papi ! Coucou !

*   *
*

Le lundi matin, le policier entend soudain la sonnerie de son cellulaire, resté sur le comptoir de cuisine. La voix à l'autre bout du fil est tellement brisée qu'il peine à comprendre son interlocutrice. Il griffonne en hâte une adresse et saute dans sa voiture. Arrivé à l'intersection de la rue des Lilas, Dubuc devine que l'adresse fournie par son interlocutrice, « 66-B, rue des Lilas », est l'appartement de Jeannot Vallières.

Une femme en pleurs, visiblement enceinte et âgée d'une trentaine d'années, vient ouvrir. Le

     Le député décapité

détective peut lire toute la peine du monde sur son visage. Elle est désespérée et tend les deux bras vers lui.

— La police a téléphoné ce matin. Jeannot s'est pendu dans sa cellule la nuit passée !

Elle enfouit son visage dans ses mains et éclate en sanglots. Dubuc la prend par les épaules et l'amène dans la petite cuisine modestement meublée que lui et Langlois ont fouillée quelques semaines plus tôt. Puis, il se rend à l'évier, prend une serviette d'eau froide et invite la jeune femme à la mettre sur son front.

— Vous voulez que je prépare du café ?

Elle fait signe que oui. Dans l'état où elle se trouve, le policier sait très bien qu'il n'en tirera rien tant qu'elle n'aura pas retrouvé un certain calme, malgré la tragédie qui l'accable. Il lui tend une tasse de café fumant. Entre les sanglots, elle parvient à dire :

— C'est Jeannot qui m'avait donné votre numéro de cellulaire. Il m'avait dit de vous appeler si jamais j'étais dans le trouble, parce que vous êtes un policier correct. Moi, je m'appelle Charlotte. Jeannot et moi, on était ensemble depuis deux ans, depuis qu'il est redevenu *clean*. Tout allait bien. Il travaillait à l'hôtel Impérial, pis moi je fais des manucures au centre-ville les fins de semaine.

Elle place soudain les mains sur son ventre rebondi et lance d'une voix stridente :

— Et pis, on a le bébé qui s'en vient, là ! Un beau p'tit bébé qui va venir au monde pas de papa !

Ces simples mots suffisent à la replonger dans les sanglots. Quelques instants plus tard, Dubuc essaie de la questionner.

— Charlotte, d'après vous, est-ce que Jeannot aurait pu vouloir en finir avec la vie ?

— Jamais ! Même quand il avait touché le fond du baril avec la dope, Jeannot n'était pas suicidaire !

Il pointe du doigt le ventre de Charlotte.

— Et pour le bébé, comment a réagi Jeannot ?

Pour la première fois depuis son arrivée, il voit la jeune femme s'égayer.

— Jeannot était super *cool* avec ça ! Il trouvait qu'un enfant, c'est la meilleure chose au monde qui pouvait nous arriver. Je le voyais changer tous les jours ! On aurait dit qu'il se sentait responsable pas seulement pour moi, mais pour sa petite famille aussi !

— Vous rappelez-vous qui vous a téléphoné, ce matin ?

— C'est un détective, qu'il disait. Duguay ou quelque chose comme ça.

— Tanguay, sûrement…

— Il a dit que Jeannot avait été retrouvé pendu dans sa cellule.

Dubuc hésite un instant avant de demander à Charlotte.

— Voulez-vous m'accompagner pour voir le corps à la morgue ?

Elle fait signe que non.

— Pourquoi pas ?

— La police a dit que Jeannot avait été incinéré à matin.

*   *

*

En arrivant au poste de la SQ, Dubuc se rue au bureau du patron et claque la porte derrière lui.

Bérubé raccroche subitement le téléphone en le voyant, rouge de colère. Il se lève.

— Dubuc...

— Bérubé, mon maudit écœurant, comment as-tu pu...

— Dubuc, laisse-moi t'expliquer !

— T'as même pas assez de cœur pour laisser une jeune femme voir une dernière fois le corps de son *chum* décédé !

À bout de patience, Bérubé frappe du poing sur son bureau. L'autre s'interrompt.

— Dubuc, c'est pas ma décision, comprends-tu !

— De quoi veux-tu parler ?

— Tu sais très bien que Jeannot Vallières était devenu notre principal suspect dans l'affaire Pla-mondon. Un suicide en prison, ça risque de faire beaucoup de bruit. On aurait eu les journalistes sur le dos. Pour ne pas risquer d'exposer l'Opéra-tion Archimède au grand jour, on avait intérêt à faire disparaître toute trace de curiosité éventuelle envers Vallières. Pour ça, il fallait disposer de son corps dans les heures qui suivent. C'est la raison de son incinération ce matin. Je suis vraiment désolé pour sa veuve, Dubuc, mais c'est ça qui est ça. Les ordres sont venus d'en haut...

Mais Dubuc pompe encore de l'huile comme le moteur turbo d'une Ferrari.

— Qui a ordonné son incinération ?

— Tu sais très bien que je répondrai pas à ça...

Mais Dubuc revient à la charge et empoigne solidement Bérubé au collet. Il serre les dents :

— Bout de chandelle, je t'ai posé une question Bérubé ! Réponds ! La police ? Le gouvernement ? La mafia ? Réponds-moi, *son of a bitch* !

Bérubé est livide, mais ses lèvres sont scellées par le secret professionnel. Dubuc sait qu'il n'en tirera pas un traître mot. Il desserre les poings et sort en coup de vent.

En milieu d'après-midi, Dubuc n'a toujours pas digéré l'attitude secrète de Bérubé à son égard. Il prend son cellulaire et récapitule les derniers événements à Langlois, qui devine toute sa frustration.

— Bérubé se réfugie derrière l'Opération Archimède, une cellule secrète conjointe de la SQ et de la GRC, pour se donner le pouvoir d'agir, raconte Dubuc. En plus, il s'arrange pour faire disparaître le cadavre d'un suspect prétendument suicidé, sans faire l'autopsie, pourtant obligatoire, et dans une prison provinciale en plus ! C'est du jamais vu, mon Lulu !

Langlois l'interroge davantage sur l'Opération Archimède, mais constate que Dubuc en sait finalement très peu à ce sujet. Il finit par dire :

— T'as pas le choix, Roméo. Tu dois l'appeler pour te renseigner...

— Appeler qui ?

— Tu sais très bien de qui je parle...

L'autre devient soudain très énervé.

— Ton contact à la GRC d'Ottawa, précise Langlois.

Dubuc agite nerveusement les mains devant lui.

— Jamais ! Plutôt mourir que de parler à mon frère Antoine !

16

Le mardi matin, Dubuc se lève de mauvais poil. Il a réfléchi une bonne partie de la nuit. Après un copieux déjeuner composé de deux bagels avec cretons et d'une gaufre au sirop d'érable, il prend une grande respiration et compose un numéro interurbain.

La voix pincée d'une secrétaire de direction lui répond.

— Gendarmerie royale du Canada, bureau de Me Antoine Dubuc...

— Bonjour. Je suis Roméo Dubuc, le frère d'Antoine. Est-ce que je pourrais lui parler ?

— Un instant, je vérifie si Me Dubuc est disponible.

Quelques minutes plus tard, la secrétaire revient au téléphone.

— Je suis désolée, mais Me Dubuc est en réunion pour l'instant. Désirez-vous laisser un message ?

— Ah bon. Dites-lui que j'appelais pour lui annoncer une mortalité dans la famille.

— Très bien, je ferai le message à Me Dubuc.

Quelques minutes plus tard, le cellulaire du policier sonne. Dubuc reconnaît la voix grave et bourrue de son frère Antoine, avec lequel il est brouillé depuis dix ans.

— T'as une mauvaise nouvelle à m'apprendre, Roméo ?

— Écoute, Antoine, je sais que c'est pas génial, mais il fallait que je trouve un prétexte pour te parler après toutes ces années.

— Après presque dix ans, en effet...

— Personne n'est mort dans la famille, sois rassuré. Par contre, je suis sur une enquête criminelle qui va mal et j'ai besoin de tes lumières pour m'éclairer.

— Et tu t'es dit que ton grand frère Antoine pourrait te dépanner !

Roméo Dubuc ne peut s'empêcher de noter l'ironie dans la voix de l'aîné de la famille. Il se souvient pourtant que sa sœur et lui versaient régulièrement leurs maigres payes d'adolescents à leurs parents afin d'aider à payer les études de droit du plus vieux. Par la suite, Antoine a épousé Solange Voyer, une prétentieuse qui l'avait convaincu de prendre ses distances avec sa famille de milieu ouvrier. Ce simple souvenir suffit à faire sortir le policier de ses gonds. Il hausse le ton :

— Antoine, fais pas chier ! Si t'es devenu avocat, c'est parce que Béatrice et moi, on donnait tout notre argent de poche aux parents pour payer tes études. Alors, si tu crois que tu ne me dois rien, tu te mets un doigt dans l'œil, on se comprend ? T'es juste un égoïste !

Sa colère contribue à ramener son frère Antoine au sens des réalités.

— Bon, bon, on ne va quand même pas déterrer de vieilles chicanes de famille à notre âge. Mais ce n'est pas la vraie raison pour laquelle tu boudes

Le député décapité

dans ton coin comme un petit garçon depuis dix ans, n'est-ce pas ?

Un long silence s'installe entre eux. Dubuc finit par dire.

— Non. Je peux pas te sentir parce que tu n'es pas venu aux funérailles de mon fils André. T'étais son parrain, alors t'aurais au moins pu te montrer la face, bout de chandelle !

— Je te le répète avec regret, Roméo : j'étais en voyage à ce moment-là.

— *Bullshit*, Antoine ! Tu dis n'importe quoi !

L'autre ne sait quoi répondre.

— Tu préfères que je raccroche, Roméo ?

Dubuc résume à son frère tout le déroulement de l'enquête sur l'assassinat, il y a un mois, du député Plamondon, le prétendu « suicide » de Daniela, le prétendu « suicide » de Jeannot Vallières et le fait que Bérubé veut l'écarter de l'enquête, prétextant qu'il se met le nez dans l'Opération Archimède, une cellule ultrasecrète conjointe de la police.

Son frère Antoine l'écoute, puis émet quelques commentaires. Des grésillements de plus en plus forts envahissent la ligne téléphonique.

— Antoine, tu m'entends ? crie Dubuc, sentant qu'il perd la communication.

Son frère a raccroché.

*   *

*

Le mercredi, Dubuc se rend à une soirée commémorative pour Jeannot Vallières organisée par le propriétaire de l'hôtel Impérial. La plupart des employés sont venus rendre un dernier hommage à leur collègue de travail décédé tragiquement.

La conjointe de Jeannot, Charlotte, est assise près d'une table où une photo agrandie de son conjoint à côté de l'urne contenant ses cendres contribue à rappeler son souvenir aux personnes présentes. La petite salle du salon funéraire est sombre et de lourdes draperies sont suspendues aux murs. Une quinzaine de personnes sont sur place, assises ou debout dans la pièce.

Charlotte se lève en voyant arriver Dubuc et lui saisit les mains avec affection.

— Merci d'être venu ! Vous êtes gentil d'avoir envoyé des fleurs !

Pendant la soirée, Sylvain Carignan descend au sous-sol. Une petite salle de repos a été sobrement aménagée pour les membres de la famille d'un défunt et les visiteurs.

— Roméo, t'as de l'expérience là-dedans... crois-tu vraiment que Jeannot a tué le député Plamondon, pour de l'argent peut-être ?

— C'est ce que tu penses ?

L'hôtelier réagit brusquement.

— Non, non, j'ai pas dit ça ! D'ailleurs, si tu veux m'accompagner à l'hôtel, j'aurais quelque chose à te montrer.

Après avoir salué Charlotte, les deux hommes se rendent à l'hôtel Impérial. Le propriétaire amène le policier dans son bureau, allume la lumière et s'approche d'un ordinateur. Il prend un air dépité.

— Faut que tu m'excuses, Roméo. Au début de ton enquête, tu m'as demandé si on avait installé des caméras de sécurité dans les corridors. J'ai répondu non, parce que certains clients les vandalisent parfois et elles coûtent cher à remplacer. Mais j'ai oublié de te mentionner qu'une caméra est installée en permanence dans le vestiaire des

　　　　　　　　　　　Le député décapité

employés. Il y a quelques années, un garçon de cuisine vidait régulièrement les casiers des employés, ce qui m'avait forcé à installer une caméra pour l'attraper.

— L'appareil est fonctionnel ? demande Dubuc avec intérêt.

— En autant que je sache.

Ils se rendent à la salle des employés, située au bout du corridor menant au sous-sol. Au fond de la pièce, dissimulée à côté d'un haut-parleur diffusant du jazz en sourdine, une petite caméra épie discrètement tous leurs mouvements...

Dubuc se demande soudain si les piles de la caméra fonctionnaient le soir du meurtre, mais l'hôtelier le rassure : le système électrique, sans piles, archive automatiquement le contenu vidéo chaque jour dans un ordinateur. Carignan réussit à retracer le segment vidéo remontant au soir du meurtre du député Plamondon et l'examine attentivement. Il pointe l'image qui défile en accéléré sur l'écran d'ordinateur.

— Bon, en début de soirée, à 7 h 30, tu peux voir le personnel supplémentaire qui arrive pour l'assemblée de fondation du PLIQ. J'avais engagé quelques personnes de plus pour la cuisine, le bar et le service à l'étage.

Ce petit va-et-vient d'employés, entrant et sortant de la salle des casiers, se poursuit environ jusqu'à 20 h 30. Puis, l'activité sur la vidéo ralentit. Vers 23 h 15, les deux hommes voient arriver Jeannot Vallières en uniforme de service à la salle des employés, puis ressortir dix minutes plus tard en jeans et t-shirt.

— Tu peux voir que Jeannot a terminé sa soirée à 11 h le soir du meurtre, confirme l'hôtelier.

Mais Dubuc ne l'écoute pas. À 23 h 35, il voit à l'écran qu'une ombre s'est glissée furtivement à l'intérieur de la salle des casiers des employés. L'angle de la caméra ne permet pas de discerner le visage de l'étranger. Cependant, le policier reconnaît de dos le fameux chandail de coton ouaté gris au numéro 88, le même que portait l'individu à qui Philippe Soubrier avait remis plus tôt le verre d'eau qui a drogué le député Plamondon pendant la soirée. Sur l'image, l'intrus s'approche des casiers.

Dubuc et Carignan retiennent leur souffle, comme s'ils étaient sur place.

– C'est le casier de Jeannot ! chuchote Carignan. Qu'est-ce que ce type vient faire là ?

Ils voient distinctement l'homme sortir l'uniforme du casier de Jeannot Vallières, arracher le bouton doré du haut, le mettre dans sa poche et ressortir immédiatement.

Les deux hommes réalisent alors que ce simple geste a probablement suffi à faire condamner Jeannot aux yeux de la police, puisque le bouton doré a été retrouvé par la suite dans le lit près du cadavre du député Plamondon.

En son for intérieur, Dubuc rage d'impuissance devant cette image cryptique.

Il n'a plus aucun doute que l'individu portant le chandail numéro 88 est impliqué dans le meurtre du député Plamondon.

*　　*
*

En arrivant chez lui tard ce soir-là, Dubuc s'arrête net. Sa porte d'entrée est entrouverte ! Un léger bruit lui parvient du salon. N'ayant pas son

　　　　　　　　　　Le député décapité

pistolet 9 mm, il saisit un parapluie dans le vestibule et s'avance à pas de loup. Il reste stupéfait : quelqu'un occupe son fauteuil préféré, verre à la main, devant le feu de foyer qui crépite ! L'homme qui lui tourne le dos lève son verre en disant :

— Tu ne connais rien à l'alcool, Roméo. Ton whisky goutte la pisse de chameau !

Surpris, Dubuc laisse tomber son parapluie.

— Antoine, qu'est-ce que tu fais ici ?

Son frère aîné s'extirpe du fauteuil. Les deux hommes ne se sont pas vus depuis six ans. Ils se serrent froidement la main. S'il est moins obèse que lui, Antoine a quand même pris du coffre depuis leur dernière rencontre. Sa calvitie maintenant prononcée, son double menton et son nez veiné par l'alcool le vieillissent de plusieurs années.

— Comment es-tu entré ici sans avoir la clé ?

Antoine a un sourire entendu.

— Je suis peut-être avocat au gouvernement fédéral, mais la GRC m'a aussi fourni un entraînement spécial à mes débuts à Ottawa. Certaines choses ne s'oublient pas. Tu sembles surpris de ma visite, Roméo ?

— Plutôt, oui. Je pensais que tu me téléphonerais pour me parler de l'Opération Archimède, pas que tu ferais 500 kilomètres pour venir me voir !

Son frère délaisse le badinage pour redevenir sérieux.

— Ce n'était pas sécuritaire d'en parler au téléphone. La friture sur la ligne m'a fait croire que nous étions peut-être sur écoute électronique, alors j'ai raccroché.

Dubuc l'invite à passer à la cuisine. Son frère se verse un double whisky avant de le suivre. Ils s'installent à la table.

— Que sais-tu sur l'Opération Archimède ?

— Tu avais raison, Roméo, il s'agissait bel et bien d'une cellule ultrasecrète mise conjointement sur pied par la Sûreté du Québec et la Gendarmerie royale du Canada afin d'infiltrer les mouvements politiques subversifs à travers le pays. Puisque plusieurs de ces mouvements prenaient naissance sur les campus, l'Opération Archimède recrutait ses agents surtout chez les étudiants. Les informateurs et les infiltrateurs étaient chargés d'identifier les sympathisants de ces partis politiques marginaux, tandis que la SQ et la GRC s'organisaient souvent pour mettre leurs téléphones ou leurs appartements sous écoute, ou encore, trouvaient un prétexte pour les interroger. L'idée était d'identifier les éventuels partisans extrémistes et de monter des dossiers sur eux, pour éviter tout risque de déstabiliser les gouvernements en place par la violence. À une certaine période, l'Opération Archimède avait des gros budgets et comptait même une trentaine de collaborateurs qui...

Dubuc l'interrompt brusquement...

— Mais... pourquoi parles-tu de l'Opération Archimède au *passé* ?

Antoine se plante sur ses pieds, met ses deux poings sur la table et regarde son frère bien en face.

— Parce que c'est fini, Roméo ! L'Opération Archimède a été démantelée il y a cinq ans ! *Elle n'existe plus !*

Dubuc est estomaqué. Son frère rajoute :

— Avant de venir te voir, j'ai confirmé mes informations en haut lieu au ministère de la Justice à Ottawa. L'Opération Archimède a officiellement été démantelée. Kapout ! Tout son personnel a été réassigné ailleurs et les dossiers sont scellés, classés et confidentiels. En d'autres mots, c'est comme si elle n'avait jamais existé, mon vieux. Tu ne trouveras personne pour t'en parler, ni à Québec ni à Ottawa...

Visiblement ébranlé, Dubuc se rend à la salle de bain pour prendre quelques aspirines. À son retour, la cuisine est vide...

* *

*

À temps perdu, Roméo Dubuc avait d'abord contacté la Direction de la protection de la jeunesse pour apprendre des informations troublantes : le fils de Liette Bardois n'avait jamais séjourné en famille d'accueil, comme sa mère l'avait prétendu. Dans les faits, l'enfant avait passé toute sa jeunesse dans un ancien orphelinat reconverti en centre spécialisé à Sherbrooke.

Lorsque le policier se présente au Centre jeunesse Nouveau Départ ce vendredi matin, il se rend compte que la maison en apparence banale est en fait un ancien quadruplex situé dans un quartier défavorisé. Dans la cour, deux adolescents d'une douzaine d'années, grimpés dans un arbre, se balancent à sa branche la plus basse en jouant à Tarzan. Le détective s'identifie et demande à parler au directeur. Jean-Guy Angers lui tend la main, sans manières.

— Je connais quelques centres comme le vôtre dans la région, mais pas celui-ci, dit Dubuc d'entrée de jeu.

— Cette bâtisse de quatre logements nous a été léguée par un bienfaiteur de l'orphelinat et nous l'avons transformée pour héberger notre clientèle.

Deux autres éducateurs travaillent ici avec très peu de ressources. En réalité, nous sommes un centre d'accueil alternatif sur lequel le ministère des Affaires sociales a *trippé* il y a plusieurs années, mais la formule a depuis été abandonnée. Officiellement, nous faisons encore partie du réseau, mais le centre fonctionne surtout grâce à des dons privés.

— Vous hébergez beaucoup de monde ici ?

— Une dizaine de garçons de 5 à 14 ans environ. On pourrait en aider plusieurs autres si on avait un peu d'argent. Dans le jargon des affaires sociales, on nous appelle le « terminus » : c'est ici que débarquent les cas refusés à peu près partout par les familles d'accueil. Problèmes de comportement, troubles d'élocution, handicaps physiques, problèmes socio-affectifs, etc. Nos jeunes ont souvent été trimballés dans une, deux et même trois familles d'accueil avant d'échouer ici.

— Vous n'arrivez pas à les placer ?

— Pas souvent. On a appris qu'il est plus réaliste de les aider à devenir des adultes plus ou moins autonomes. Pendant qu'ils sont ici, on peut leur fournir l'essentiel : un refuge, des repas chauds, des rudiments scolaires et l'apprentissage d'un métier pour se débrouiller ensuite dans la vie. Venez, on va passer au bureau...

Sur place, le détective reste stupéfait : les lieux dénotent une absence presque totale d'ameublement et du moindre confort. Une table branlante, sur laquelle un ordinateur désuet est installé, se trouve au centre de la pièce. Des livres et des magazines sont empilés ici et là sur le sol. Malgré tout, Dubuc voit que Jean-Guy Angers semble

   Le député décapité

avoir la vocation d'aider les jeunes et s'accomode très bien de ce dénuement.

— Alors, qu'est-ce que je peux faire pour vous, M. Dubuc ?

— C'est une longue histoire personnelle, mais je vais résumer. Disons que l'ancienne blonde de mon fils André décédé depuis plusieurs années m'a récemment présenté comme étant mon petit-fils un garçon d'une dizaine d'années appelé Jérémie, dont j'ignorais complètement l'existence. La mère se meurt d'un cancer et je compte adopter l'enfant...

— Bravo ! s'exclame Jean-Guy Angers, c'est très noble de votre part de...

Le policier l'interrompt d'un geste de la main et poursuit :

— Sa mère a fait plusieurs années de prison. Elle m'a dit que pendant son emprisonnement, le petit Jérémie avait été placé en famille d'accueil. Quand j'ai parlé seul avec l'enfant, j'ai eu l'impression qu'il n'avait connu que la vie à l'orphelinat. J'ai vérifié au ministère et c'est le cas. D'après mes informations, Jérémie aurait été envoyé ici très jeune, peut-être même avant l'âge de cinq ans.

Jean-Guy Angers se dirige vers son ordinateur.

— Vous avez une photo ?

— J'en ai une de la mère et de l'enfant, prise l'autre jour au centre d'achats.

Le directeur met ses lunettes pour regarder de plus près.

— Eh bien oui, je le reconnais ! C'est le petit Jérémie Bardois. Un cas assez difficile, je dois vous l'avouer. Personnalité antisociale. Très jeune, il se tenait seul la plupart du temps dans sa chambre, à la cafétéria, dans la cour. Il s'inventait constamment des personnages imaginaires. Un psychologue a parlé de « personnalité à tendance autiste », mais je crois que c'est plus complexe que cela.

Dubuc ne cache pas son étonnement.

— Liette m'a dit avoir repris le petit Jérémie avec elle en sortant de prison il y a deux ans. Il me semble que l'enfant aurait eu le temps de faire des progrès au contact de sa mère biologique, non ?

Jean-Guy Augers réagit brusquement.

— Deux ans ? Vous voulez rire. Sa mère est venue le chercher il n'y a même pas deux semaines !

Dubuc tente de reprendre sa contenance.

— Vous pouvez la décrire ?

— La même femme que sur la photo : début de la trentaine, blonde avec des repousses noires, assez délicate. D'ailleurs, la procédure n'a pas traîné. Deux jours plus tard et hop ! le petit Jérémie Bardois faisait déjà ses valises !

Dubuc s'étonne.

— Ça arrive souvent ?

— Jamais. En général, ça prend quelques semaines. J'ai même été contacté par un haut fonctionnaire des Affaires sociales pour accélérer les choses.

Le policier pointe l'ordinateur du doigt.

— Bizarre en effet. Je peux jeter un coup d'œil au dossier de Jérémie ?

Le directeur fait la recherche. Quelques instants plus tard, une expression de stupeur envahit son visage.

— D'après le répertoire, Jérémie Bardois n'a jamais existé…

17

En fin de journée vendredi, Liette sort du salon de coiffure où elle travaille deux jours par semaine et se rend à sa voiture dans le stationnement du centre commercial. Au moment de reculer, elle voit soudain surgir un véhicule foncé qui se gare bruyamment derrière le sien et lui bloque le passage. Dubuc en sort brusquement et vient s'asseoir sur le siège avant à côté d'elle.

Elle prend un air enjoué.

— Ah, M. Dubuc, j'allais…

Le policier l'interrompt :

— *Game over*, Liette ! J'ai découvert que Jérémie est bel et bien mon petit-fils. Mais tu l'as sorti d'un orphelinat non pas il y a deux ans comme tu le disais, mais il y a deux semaines à peine. Alors, t'as intérêt à tout me raconter depuis le début !

Du même coup, Liette Bardois laisse tomber son masque. Elle baisse la tête et ses épaules se voûtent. L'espace d'un instant, le policier revoit la jeune fille troublée et mal à l'aise dans sa peau qui fut sous l'emprise d'un culte satanique dix ans plus tôt. Elle se mord les lèvres, puis raconte :

— Jusqu'à récemment, j'étais emprisonnée à Joliette et je devais sortir seulement dans quatre ans. Mais il y a quelques semaines, un homme est venu me voir en prison pour me proposer comme qui dirait, un *sweet deal*...

— Quel genre de marché ?

— Qu'il allait me faire sortir de prison tout de suite, à la condition d'entrer en contact avec vous et de vous présenter votre petit-fils Jérémie. Aussi, qu'il me donnerait cinq mille piastres pour faire ça.

— Et t'as accepté ?

Liette Bardois regarde Dubuc d'un air incrédule...

— Pour sortir de prison plus vite et avec de l'argent, j'aurais ciré le plancher du Stade olympique avec ma langue, M. Dubuc ! En premier, ils ont fait sortir mon fils de l'orphelinat. Ensuite, l'homme m'a demandé de reprendre contact avec vous et de vous présenter votre petit-fils Jérémie. Deux semaines plus tard, je devais vous annoncer que je me mourais d'un cancer pour vous forcer à l'adopter.

— Et l'idée derrière tout ça, c'était de...

— D'après ce que j'ai compris, ils voulaient vous forcer à lâcher l'enquête pour prendre votre retraite au plus vite...

Dubuc a soudain des dizaines de questions à poser.

— Cet homme qui est venu te proposer ce marché en prison, tu le connais ?

Liette hausse les épaules. Le policier devine qu'elle est de bonne foi.

— Peux-tu le décrire ?

— Je dirais de taille moyenne, assez sûr de lui. Probablement un avocat ou un policier, parce qu'il semblait connaître le personnel de la prison.

     Le député décapité

Dubuc sort une coupure de journal de sa poche et la fait voir à Liette.

— C'est lui ?

Liette confirme.

* *

*

La journaliste Manon Pouliot rôde autour du bureau de Dubuc depuis le début de la journée samedi, mais constate qu'il ne viendra pas. Elle doit obtenir en vitesse quelques informations pour la prochaine édition du journal et décide alors d'aller vérifier à son domicile.

Après avoir sonné à plusieurs reprises, elle voit finalement émerger Dubuc à la porte. Il est encore endormi, l'air bougon et pas rasé.

— Je peux entrer ?

Visiblement à contrecœur, le détective s'écarte et ils s'installent dans le salon en désordre. Pas besoin d'être fin observateur pour constater qu'il a passé la nuit sur le divan, se dit Manon.

— Vous filez un mauvais coton ?

Dubuc s'assoit sur le divan devant la journaliste et joint les mains devant lui.

— J'ai appris que Jérémie est bel et bien mon petit-fils, mais Liette Bardois n'a pas le cancer. Tout ça était une manigance pour me forcer à abandonner l'enquête, à prendre ma retraite et à m'occuper de l'enfant !

La journaliste l'écoute attentivement.

— Cette Liette Bardois a vraiment l'esprit tordu ! Elle mériterait de retourner en prison au plus vite !

Contrairement à toute attente, Dubuc désapprouve.

— J'ai beaucoup réfléchi cette nuit et j'ai finalement compris que Liette n'est qu'un rouage dans toute cette mécanique. Elle n'a pas agi de sa propre initiative. Tout ça est contrôlé bien au-dessus de sa tête. Quelqu'un l'a approchée en prison et lui a versé de l'argent en lui demandant d'utiliser son propre enfant pour me faire lâcher l'enquête !

Manon s'énerve.

— Vous dites « quelqu'un »... il doit bien avoir un nom, ce quelqu'un ?

— Je n'en suis pas encore certain...

Manon se lève pour partir, mais se retourne au dernier instant.

— Oh, j'oubliais de vous dire. Le sergent Langlois m'a brièvement parlé de l'Opération Archimède l'autre jour. J'ai fait quelques petites recherches dans des bases de données électroniques. Deux meurtres politiques inexpliqués sont survenus ces dernières années, au Manitoba et en Alberta. Un juge a été poignardé à mort dans un garage souterrain, près de sa voiture. Dans l'autre cas, un procureur de la Couronne a été kidnappé et retrouvé mort dans un champ abandonné. Les médias ont cru que c'était l'œuvre de motards criminalisés, mais le procureur s'apprêtait justement à faire comparaître un ministre conservateur accusé de fraude. Dans les deux cas, l'article soupçonnait l'intervention d'une cellule secrète de l'Opération Archimède.

— Ces meurtres remontent à quand ? demande Dubuc.

— Le premier à trois ans et l'autre il y a six mois.

                                        Le député décapité

— Impossible, dit le policier. L'Opération Archimède a été démantelée il y a cinq ans. Elle n'existe plus. Mon frère Antoine me l'a confirmé.

* *

*

Dubuc s'arrête en début d'après-midi à l'hôtel Impérial pour vérifier quelques détails sur l'enquête avec le propriétaire. En traversant le hall d'entrée, il jette un coup d'œil rapide à l'intérieur de la salle à manger et s'immobilise brusquement.

— Antoine ?

Son frère se retourne. Il est attablé, seul, devant un steak au poivre généreusement arrosé de sauce, des frites et une bière à la main, dans le restaurant quasi désert à cette heure le samedi. Il semble aussi surpris que lui.

— Roméo, mais que fais-tu ici ?

Le policier s'étonne de la question.

— C'est plutôt à toi de répondre. Je pensais que t'étais retourné à Ottawa hier matin. Si je me souviens bien, tu as disparu de ma cuisine comme une tornade !

Antoine Dubuc dépose sa bière et fouille dans sa mallette de cuir sur le siège près de lui, d'où il sort des brochures touristiques de la région qu'il dépose sur la table.

— Sais-tu comment je vis à Ottawa, mon cher frère ? Comme un poisson rouge dans un bocal ! Chaque jour le même bureau, les mêmes collègues ennuyeux, la même routine depuis des années. Le fait d'avoir conduit jusqu'ici pendant presque cinq heures m'a ouvert l'esprit et donné le goût de prendre quelques jours de vacances pour m'évader un peu. J'ai été à la pêche à la truite, j'ai fait du canot, bref, je m'amuse ! Alors, que les fonctionnaires d'Ottawa aillent au diable avec leurs problèmes urgents. Moi, je profite de l'ambiance campagnarde de la très confortable suite Régence !

Il éclate de son rire enroué d'ex-fumeur et lève son verre de bière.

— Tu joues au touriste, c'est ça ? demanda Dubuc, en s'assoyant à sa table.

— Pourquoi pas ? Te souviens-tu quand nos parents nous avaient amenés en vacances de camping dans la région ? C'était à Ayer's Cliff, je crois. J'avais une douzaine d'années et toi, sept ou huit.

Roméo Dubuc éclate de rire.

— Avec une tente percée qui prenait l'eau comme une passoire à spaghetti quand il pleuvait ! En se levant le matin, on avait l'air de sortir de la piscine !

— Et n'oublie pas la fameuse mouffette ! réplique Antoine, avec un ricanement qui secoue ses larges épaules.

— Oui, la mouffette ! Dans l'obscurité, un campeur assez rond croyait que c'était un ti-minou ! Tout le terrain de camping a senti la bête puante pendant des jours !

Les deux frères se remémorèrent ainsi des souvenirs de jeunesse qu'ils avaient enfouis au fond de leur mémoire, mais qui ne demandaient que la complicité de l'autre pour remonter à la surface.

Une demi-heure plus tard, Dubuc se lève de table.

— Quand repars-tu à Ottawa ?

— Probablement demain. Toute bonne chose a une fin…

    Le député décapité

Dubuc se lève et serre la main d'Antoine, qui vient de commander une autre bière. Il se rend vers la sortie, mais bifurque au dernier instant vers le bureau de Sylvain Carignan. Le policier lui souffle à l'oreille :

– Donne-moi la clé de la suite Régence...

18

En fin de soirée lundi, le détective Steve Tanguay sort d'un bar du centre-ville pour rentrer chez lui. Il habite un condominium au 15ᵉ étage de la tour Moderna, un édifice récent situé dans un nouveau quartier de Chesterville. Chaque soir, en arrivant à la grille d'entrée du garage souterrain privé, il insère une carte magnétique dans le lecteur optique et la porte s'ouvre lentement. Il roule jusqu'au fond du stationnement, gare sa voiture et marche jusqu'au hall d'entrée. De là, il fait un signe amical au gardien de sécurité à son bureau près de l'entrée de l'édifice, monte dans l'ascenseur et appuie sur le bouton du 15ᵉ étage. Arrivé à son étage, il déverrouille la porte de son condo, allume et va directement au salon se verser un verre.

En apercevant une ombre assise sur le divan devant lui, Tanguay échappe soudain son verre, qui se fracasse bruyamment sur le plancher.

— Dubuc, crisse, dis-moi comment t'as fait pour entrer ? Passes-tu à travers les murs ?

L'autre se lève en silence. Tanguay est effrayé.

— Comment t'es entré ici ! La place est aussi gardée qu'une forteresse !

Pour se calmer, il se verse un autre verre.

– Personne n'est en sécurité nulle part. Surtout pas toi, Tanguay...

L'autre éclate de rire, mal à l'aise.

– Je me sens pas menacé...

– Tu devrais, mon vieux. Parce que durant toute cette enquête sur la mort du député Plamondon, j'ai finalement réalisé que la vérité est dans les détails, comprends-tu ?

Tanguay a repris contenance et s'assoit directement en face de Dubuc. Il adopte un ton frondeur.

– La vérité ? Mais elle n'est pas compliquée, mon vieux ! L'ancien toxicomane, Jeannot Vallières, a décapité le député Plamondon pour lui voler une valise contenant 250 000 $. Quand il a découvert que sa maîtresse Daniela risquait de l'identifier, il a paniqué et l'a supprimée elle aussi. Il me semble que c'est clair ! Jusqu'ici, les faits nous donnent raison, non ?

Dubuc l'écoute sans broncher.

– T'as peut-être raison, Tanguay. Mais en 30 ans de métier, on comprend souvent l'importance des petits détails pendant une enquête...

– De quels petits détails parles-tu ?

– Le premier, c'est quand Jeannot Vallières a disparu près de la cabine téléphonique. Je t'ai appelé au poste et tu m'as rejoint sur les lieux environ une demi-heure plus tard.

– J'étais en train de préparer mon rapport pour Bérubé, tu le sais bien.

– À ton arrivée, j'ai remarqué que les traces de pneus de ta voiture ressemblaient étrangement aux autres traces de pneus fraîches près de la cabine téléphonique. Avoue que c'est bizarre !

Tanguay éclate de rire.

     Le député décapité

– Ah bon ! T'es rendu un spécialiste des pneus maintenant, Monsieur Goodyear !

– Quand on y pense, des traces de pneus, c'est un peu comme les empreintes digitales d'un véhicule. Les pneus suspects près de la cabine avaient une largeur de 19 pouces. C'est peu fréquent et surtout réservé aux voitures sportives. Par coïncidence, tu possèdes une Mustang, elle aussi montée sur des pneus de 19 pouces. Je le sais, j'ai mesuré. Quand je t'ai appelé en panique pour que tu viennes me rejoindre près de la cabine téléphonique, je savais que tu prendrais ta voiture personnelle, puisque c'est moi qui avais celle de la SQ. À ton arrivée, j'ai noté que les deux séries de traces de pneus étaient identiques, tant pour la largeur que la sculpture du pneu. Pareil comme des empreintes digitales, mon vieux !

Tanguay semble exaspéré par la démonstration de son collègue.

– Où veux-tu en venir avec tes « petits détails » ?

– Tout simplement que ce matin-là, tu aurais très bien pu avoir été informé que Jeannot Vallières m'attendait près de la cabine téléphonique, l'avoir forcé à monter dans ta voiture et être retourné ensuite finir tranquillement ton rapport au poste de police. Ça me semble une explication possible, tu ne trouves pas ?

Tanguay hausse les épaules.

– C'est ça, ta vérité dans les détails, Dubuc ? Une preuve circonstancielle, tout au plus. Pourquoi j'aurais fait ça ?

– Parce que toi et Bérubé cherchiez Jeannot depuis plusieurs jours. Vous aviez besoin d'un *faux meurtrier* et Jeannot, avec son passé de toxicomane, faisait parfaitement l'affaire !

Tanguay écarte les yeux d'étonnement.

— Un faux meurtrier ? Mais Dubuc, tu rêves en couleurs, mes aïeux !

Le policier poursuit.

— Autre détail : l'autre jour, tu m'as accompagné à la chambre 309 à l'hôtel Impérial. Je voulais reconstituer les détails du meurtre du député Plamondon. Te souviens-tu quand je t'ai demandé d'aller me chercher un verre d'eau à la salle de bain ? Il y avait deux portes fermées devant toi. À gauche, la salle de bain et à droite, le placard. N'importe qui aurait hésité une seconde avant d'ouvrir, pour vérifier. Toi, tu n'as pas hésité un instant et tu as ouvert la porte de la salle de bain à gauche. Pourquoi ? Parce que tu savais que c'était la bonne porte, pour avoir essayé de l'ouvrir le soir du meurtre et faire sortir Daniela qui s'était enfermée à l'intérieur ! Je t'ai tendu un piège et tu es tombé dedans tête baissée !

Cette fois, Tanguay se lève brusquement.

— Ça suffit avec tes accusations ! N'oublie pas que je suis ton partenaire d'enquête !

— J'ai pas fini. Dernier détail, Tanguay : d'après la vidéo du vestiaire de l'hôtel, on sait que l'homme qui a volé le bouton de l'uniforme de Jeannot portait un chandail avec le numéro 88. C'est aussi le même homme qui a tendu le verre d'eau empoisonné au député sur l'estrade, pendant son allocution, et qui l'a décapité par la suite en laissant sur place un bouton de l'uniforme de Jeannot Vallières.

Dubuc se lève à son tour. Les deux policiers sont maintenant face à face et méfiants, à moins d'un mètre de distance.

— Tu veux que j'aille chercher un mandat de perquisition pour fouiller les tiroirs à linge de ton appartement, Tanguay ? Je suis certain qu'on va trouver le fameux chandail 88...

Cette fois-ci, l'expression déconfite de Tanguay confirme à Dubuc la justesse de son raisonnement.

Il se laisse tomber sur le divan.

— Correct, Dubuc...

*　*
*

Steve Tanguay se sent coincé dans une trappe à rats. Tout autour, les murs de son condo semblent se refermer sur lui.

Dubuc est resté debout. Il sait que son partenaire d'enquête vient de franchir un point de non-retour et qu'il va maintenant parler. Tanguay rejette la tête en arrière...

— Le soir de l'assemblée de fondation du PLIQ, je n'étais pas en service et je m'étais fait embaucher comme agent de sécurité du député Plamondon dans la salle. J'étais habillé en civil, en jeans et avec le chandail numéro 88, comme tu l'as découvert. À un certain moment, j'ai remis au député le verre d'eau que Soubrier m'avait tendu. C'est moi qui ai versé la drogue dedans à la dernière minute.

— Soubrier était impliqué ?

— Il n'était pas au courant. Avant que le député Plamondon ne retourne à sa chambre, je m'étais arrangé pour voler le laissez-passer de la femme de ménage sur l'étage. Quand le député a envoyé Daniela dans la salle de bain, je suis entré pendant qu'il parlait au téléphone à sa femme. La drogue commençait à faire effet et Plamondon était déjà plutôt somnolent au téléphone.

Dubuc précise :

– Quand on est retournés à l'hôtel Impérial l'autre jour, je t'ai parlé de ma théorie : il fallait que le député Plamondon *connaisse* nécessairement son meurtrier, parce qu'il n'a pas bougé en voyant le reflet de son agresseur dans la porte-miroir de la salle de bain.

– C'est vrai, parce que le député savait que j'étais chargé de sa sécurité. C'est seulement lorsqu'il a senti l'odeur de chloroforme qu'il a commencé à se débattre. Mais c'était trop tard. Je lui ai tranché la gorge d'un seul coup de couteau.

– En mettant le meurtre sur le dos de Jeannot Vallières ? fait Dubuc.

Tanguay hausse les épaules, signifiant que la chose n'avait plus aucune importance.

– Vallières, c'était la victime parfaite. Un *looser*, un ex-toxicomane qu'aucun juge sain d'esprit ne croirait vraiment repenti. Surtout qu'en apportant du champagne plus tôt en soirée, il avait eu le temps d'examiner la chambre 309. Ça devenait difficile pour lui d'invoquer un quelconque alibi, puisqu'il avait réellement été dans la chambre et avait même admis avoir volé la valise contenant les 250 000 $. Pour la police, ce n'était pas compliqué d'ajouter des accusations de meurtre ! Je reconnais que ce n'était pas génial d'aller planter un bouton de son uniforme sur la scène du crime pour servir de preuve circonstancielle, mais Vallières n'était pas un ange, souviens-toi !

Tanguay voit bien que Dubuc est dégoûté de ces manœuvres illégales qui ont coûté la vie à Jeannot Vallières.

   Le député décapité

– Tu veux m'inculper pour meurtre ? Vas-y Dubuc, passe-moi les menottes ! Mais t'es mon partenaire d'enquête, il me semble. On est censés se protéger mutuellement, tu devrais comprendre ça ?

Dubuc serre les dents et se retient de le frapper.

– Se protéger mutuellement ? Oui, Tanguay, mais on est aussi supposés protéger la population, pas la tuer ! T'es devenu un pourri et je n'ai aucune intention de protéger un pourri, même si c'est mon partenaire d'enquête ! Alors, tu vas aller en prison et pour longtemps, mon vieux !

Contre toute attente, Tanguay éclate soudain de rire.

– Moi en prison ? Mais t'as vraiment rien compris, mon pauvre Dubuc ! Je n'avais aucune raison personnelle de tuer le député Plamondon, ni Jeannot Vallières, d'ailleurs. On m'a demandé de faire une *job* et je l'ai faite ! C'était une « commande », Dubuc. J'obéis aux ordres, c'est tout…

– Aux ordres ? s'étonne Dubuc. Qui t'a demandé de tuer le député ?

– Cherche pas trop à comprendre ! Contente-toi de savoir que les milieux politiques et policiers trempent jusqu'au cou dans cette histoire d'assassinat du député Plamondon. L'ordre de l'assassiner est venu d'en haut, comprends-tu. Quelqu'un très haut placé était devenu inquiet de la menace croissante que représentait le député et le PLIQ. Le parti risquait de faire des percées sérieuses aux prochaines élections provinciales et peut-être même priver le gouvernement en place de sa majorité parlementaire ! C'était inacceptable…

– Mais qui est derrière tout ça ? rugit Dubuc, en agrippant Tanguay au collet. Donne-moi des noms, donne-moi juste *un nom*, bout de chandelle !

Quelqu'un du PLIQ ? Un député d'un autre parti ? Le ministre de la Justice ? Le premier ministre ?

L'autre ne veut pas répondre. Ou il ne sait pas...

— Je te l'ai déjà dit... je suis juste un petit pion sur l'échiquier.

Dubuc relâche son étreinte à contrecœur.

— Rien qu'un petit pion ? Mais tu mérites la prison à vie, mon enfant de chienne !

Tanguay ricane à nouveau de la logique de son partenaire d'enquête.

— T'as parfaitement raison, Dubuc ! Malheureusement, ça ne risque pas d'arriver ! Vois-tu, autant les milieux politiques que policiers vont s'arranger pour étouffer l'affaire. Personne n'a intérêt à ce que le meurtre du député Plamondon fasse l'objet d'un procès criminel, que des témoins soient appelés à la barre et que cette histoire-là se retrouve à la une dans les journaux. Trop de détails confidentiels au sujet de certaines personnes en haut lieu risqueraient de devenir publics et d'éclabousser des réputations. Tu peux continuer à crier tant que tu voudras, mon vieux, mais tu cries dans le désert !

Dubuc fulmine. Il s'avance vers la porte du condo.

— Le meurtre de Daniela Harvey, déguisé en « suicide », c'était toi aussi ? Ça expliquerait pourquoi tu étais déjà sur les lieux lors de mon arrivée ce jour-là...

Tanguay met sa main sur son cœur.

— Ah ça, rien à voir dans le meurtre de Daniela, juré craché...

Au moment où Dubuc sort de l'appartement, la voix de Tanguay résonne derrière lui.

— Mon seul regret, Dubuc, c'est de n'avoir pas retrouvé la valise contenant les 250 000 $. Même après tout ce qu'on lui a fait endurer, Jeannot Vallières n'a jamais parlé…

*　*
*

Après sa rencontre avec Tanguay, Dubuc est retourné directement à la maison. Ce matin, il n'avait pas le goût de risquer de croiser son partenaire meurtrier. Après l'heure du lunch, il ressent le besoin de parler et téléphone à Langlois pour lui résumer sa rencontre de la veille.

— Laisse tomber, Roméo. Ça ne servira à rien de dénoncer Tanguay s'il est protégé d'en haut pour avoir assassiné le député Plamondon. Il t'a dit lui-même qu'il est intouchable. C'est une vraie bombe politique, cette affaire-là !

— Bout de chandelle, un meurtre reste un meurtre, Lulu ! Peu importe la défense qu'il pourrait invoquer devant un tribunal, Tanguay a assassiné quelqu'un de sang-froid. C'est inacceptable ! Il a avoué avoir commis deux meurtres ! Personne n'a le droit de s'en sortir aussi facilement !

— Tu veux que Tanguay paye ?

— Tanguay *va payer* ! rugit Dubuc.

L'autre s'énerve au téléphone.

— Fais pas le cave, Roméo ! Ne va pas tuer Tanguay pour venger la mort du député Plamondon ! T'es un détective de carrière, alors ne va pas tout gâcher et risquer 15 ans de prison pour un pourri comme lui ! Jure-moi que tu ne joueras pas à Superman !

— Lulu…

— Jure-le-moi ! crie Langlois.

— Correct, mais calme-toi, bout de chandelle !
Je dois réfléchir, c'est tout...

Langlois s'est un peu calmé.

— Fais donc confiance à la Providence, Roméo.
Si ce n'est pas toi qui punis Tanguay, quelqu'un
d'autre s'en chargera à ta place...

— Quelqu'un d'autre, tu dis ? Lulu, tu viens de
me donner une idée géniale !

Mais avant que Langlois ait demandé des
explications, Dubuc a raccroché.

Quelques heures plus tard, il téléphone au
poste de la SQ pour parler à Tanguay, qui reste sur
le qui-vive.

— Tu m'attends dehors pour me passer les
menottes, Dubuc ?

Le policier éclate de rire et répond d'un ton
faussement cordial :

— Plutôt le contraire, Tanguay ! Écoute, je me
suis énervé hier soir à ton appartement. C'est normal, j'enquête sur le meurtre du député Plamondon et je prends ça à cœur, tu me connais. Mais
j'ai réalisé que t'as reçu des ordres et même si je
ne suis pas d'accord, c'est la haute direction qui t'a
demandé d'agir.

— Content que tu comprennes ! lance Tanguay,
soudain libéré d'un fardeau qui pesait sur ses
épaules.

— Tu disais que ta seule déception dans cette
enquête, c'était de n'avoir pas recouvré la valise
contenant les 250 000 $. Eh bien, j'ai retrouvé une
clé de casier qui m'a mené au terminus d'autobus
où Jeannot Vallières avait caché l'argent. J'ai récupéré la valise et je peux l'apporter au poste de la
SQ pour ...

   Le député décapité

Tanguay l'interrompt brusquement.

– Non, pas au poste, Dubuc! Pas question! Tu sais que cette valise d'argent me préoccupe depuis le début de l'enquête. C'est une pièce à conviction importante dans cette affaire. Tu devrais me laisser remplir les formalités, en attendant de remettre l'argent aux autorités. Ce serait mieux qu'on se voit ailleurs qu'au poste de police, pour éviter d'attirer trop l'attention avec autant d'argent comptant.

Dubuc fait semblant d'hésiter un instant.

– C'est que... il me semble que ce serait plus correct de l'apporter à...

Tanguay s'énerve.

– Aie, faut que tu marches avec moi là-dedans, Dubuc! Je suis ton partenaire d'enquête. C'est trop risqué d'exposer publiquement cette valise. On va le faire en temps voulu. Pour l'instant, il faut que l'argent reste *underground*, comprends-tu!

– Bon, si tu crois que c'est mieux comme ça. Dans ce cas-là, je serai dans ma voiture, une Buick grise, au fond du stationnement derrière l'hôtel Impérial à 9 heures ce soir. J'aurai la valise avec moi.

Dubuc raccroche et se frotte les mains de satisfaction. Quelques minutes plus tard, il compose le numéro de Vince Lombardo.

– Ah, Monsieur Dubuc, j'espère que vous m'apportez de bonnes nouvelles...

– Justement, Monsieur Lombardo, notre enquête est presque terminée. La police a finalement récupéré la valise contenant vos 250 000 $. L'argent avait été classé pièce à conviction, mais à ce stade-ci de l'enquête, je crois bien qu'on peut le rendre à son propriétaire légitime.

Lombardo glousse de plaisir.

— Mon cher Monsieur Dubuc, je vous ai sous-estimé ! Vous êtes un homme remarquablement honnête. C'est rare ! J'aurai certainement un bon mot à dire à votre sujet quand je parlerai à vos supérieurs. D'ailleurs, je dois jouer au golf avec trois d'entre eux la semaine prochaine.

Le policier termine en disant :

— Pour récupérer votre argent, soyez ce soir à 9 h 15 précises dans le stationnement derrière l'hôtel Impérial. C'est le sergent Tanguay qui sera là, avec votre valise dans sa voiture, une Buick grise au fond du stationnement. Il vous la remettra en mains propres.

Le policier raccroche. Il reste encore plusieurs heures avant que son stratagème ne se déroule. Pour l'instant, mieux vaut aller dormir un peu...

Vers 20 h 30, Dubuc arrive derrière l'hôtel Impérial au volant de sa Buick grise et se gare au fond du stationnement. L'endroit est presque désert. Par mesure de précaution, il a convaincu Langlois de l'accompagner. Dubuc vérifie une dernière fois son pistolet semi-automatique 9 mm. Avant de sortir du véhicule, Dubuc place la valise contenant les 250 000 $ bien en vue sur le siège arrière. Les deux policiers se cachent ensuite dans les buissons, à environ cinq mètres de la Buick.

Quelques minutes avant 21 h, les deux hommes voient arriver Tanguay au volant de son camion noir GMC Sierra. Le policier gare son véhicule lui aussi au fond du stationnement et marche vers la Buick grise. N'apercevant pas Dubuc, il décide d'aller vérifier au bar de l'hôtel.

Dix minutes plus tard, une grosse voiture noire, aux vitres teintées, s'avance lentement à son tour dans le stationnement arrière de l'hôtel

          Le député décapité

Impérial, restant un peu en retrait avec les phares éteints.

Dubuc et Langlois n'ont rien manqué de la scène.

— Parfait! Tanguay est au bar de l'hôtel et la limousine de Vince Lombardo vient d'arriver. Maintenant, ça va brasser!

* *

*

Au bar de l'hôtel, Tanguay consulte nerveusement sa montre en achevant de vider sa bière. Ne voyant toujours pas Dubuc, il retourne jusqu'à la Buick vide, en fait le tour et regarde à l'intérieur en se collant le visage sur les vitres. Il aperçoit la valise sur le siège arrière. La porte est débarrée. Tanguay prend la valise et retourne rapidement vers son camion.

Au moment où il s'apprête à démarrer, une limousine noire vient soudain lui barrer la sortie. Tanguay essaie de saisir son arme dans le coffre à gants, mais deux gorilles armés de Lombardo ont déjà ouvert la porte du camion et le traînent de force dehors. Ils le poussent sans ménagement sur le siège arrière de la limousine, où le policier se retrouve face à Vince Lombardo.

— Monsieur Lombardo, ne vous mêlez pas de cette histoire! C'est l'affaire de la police! Je suis venu récupérer l'argent d'un crime pour le remettre à la Sûreté du Québec!

Mais Lombardo n'a pas le cœur à rire.

— Le remettre à la Sûreté du Québec? Mais vous vous foutez de ma gueule, Tanguay! Le sergent Dubuc m'a téléphoné cet après-midi pour m'informer que *mon argent* pouvait maintenant m'être retourné. Il m'a aussi confirmé que la valise contenant mes 250 000 $ serait dans la Buick ce soir et que c'est vous, Sergent Tanguay, qui me la remettriez en personne. Ce que le sergent Dubuc ne pouvait pas deviner, c'est que vous avez entre-temps changé d'idée et décidé de garder l'argent, *mon argent*, pour vous tout seul ! Il n'y a pas d'autre explication !

Pendant qu'il parle, l'un des hommes de Lombardo a ouvert la valise et fouille dedans.

— *Boss*, il n'y a pas d'argent ! C'est juste des piles de papier blanc !

Cette fois, Vince Lombardo est fou furieux ! Il secoue la valise à l'envers. Toutes les liasses d'argent ne sont que du papier blanc. *Du papier blanc !* Il serre les dents et on dirait que les veines de son cou vont éclater lorsqu'il regarde Tanguay...

— *Pezzo di merda !* Petit paquet de merde, tu m'as roulé !

Paniqué, Tanguay se débat pour sortir du véhicule, mais les deux gorilles de Lombardo le retiennent fermement. Il tente une ultime explication :

— Monsieur Lombardo, vous voyez bien que c'est Dubuc qui nous a roulés tous les deux comme des enfants d'école ! Il a laissé une valise pleine de faux billets dans sa Buick pour nous tendre un piège, tandis qu'il est reparti avec vos 250 00 $!

Mais Lombardo ne veut rien entendre.

— Je ne vous connais pas personnellement, Sergent Tanguay. Mais ce soir, je vous ai vu voler une valise d'argent qui ne vous appartenait pas. Et maintenant, vous essayez de blâmer votre partenaire d'enquête. J'espère pour vous que nous retrouverons mes 250 000 $!

Incapable de s'enfuir, Tanguay est maintenant terrorisé.

— Monsieur Lombardo, je vous le répète. Je n'ai *aucune idée* où se trouve votre argent !

Lombardo claque des doigts et fait signe à son chauffeur de démarrer.

— Alors, dans ce cas, nous allons faire une petite balade en voiture pour tenter de vous rafraîchir la mémoire, Sergent Tanguay. Vous allez visiter mon chantier de construction de planchers en béton, en dehors de Chesterville…

19

Tard en soirée, on frappe à la porte chez Dubuc. C'est son frère Antoine, tout souriant.

— *Hello there!* Avant de repartir demain matin pour Ottawa, j'ai pensé venir prendre un dernier verre en ta compagnie. Regarde, j'ai même apporté du *Jack Daniel's*! dit-il, en brandissant une bouteille d'alcool.

Dubuc est fourbu à la suite des événements éprouvants de la soirée, mais n'ose pas refuser cette dernière requête à son frère avant son départ.

Les deux hommes jasent de choses et d'autres. Dubuc évite de parler de son stratagème pour punir Tanguay et Antoine se contente de répéter qu'il adore l'Estrie. Puis, le ton de la conversation monte soudain…

— Roméo, pourquoi as-tu fouillé ma chambre d'hôtel l'autre jour?

Dubuc reste stupéfait. Il se demande comment son frère a découvert qu'il avait examiné la suite Régence à l'hôtel Impérial après leur rencontre l'autre midi?

— Me prends-tu pour un imbécile, Antoine? Je te téléphone à Ottawa pour te demander quelques renseignements sur l'Opération Archimède et tu parcours près de 400 kilomètres pour venir répondre, chez moi, à mes questions. Ça m'a allumé, comme on dit!

— Écoute, quand tu as commencé à poser des questions sur l'Opération Archimède, j'ai su que tu allais avoir des ennuis. Même si l'organisation a été démantelée il y a plusieurs années, elle a encore des sympathisants parmi les corps policiers un peu partout au pays.

Dubuc se lève et se dirige vers un petit meuble. Il sort une photo qu'il dépose devant son frère.

— Ça fait deux jours que j'essaie de m'expliquer cette photo, que j'ai trouvée dans tes affaires à l'hôtel.

Le cliché fait voir Antoine en compagnie de Liette Bardois et d'André, le fils de Dubuc mort tragiquement, en réunion de travail avec quelques personnes.

Antoine est visiblement nerveux.

— Écoute, ce sont les membres de la « cellule Icare ». C'était il y a longtemps. Près d'une douzaine d'années en fait. J'étais déjà avocat au fédéral, comme tu le sais. La GRC avait constaté mes aptitudes spéciales et m'avait mis en charge du recrutement des informateurs pour l'Opération Archimède, qui commençait ses activités à l'époque.

— Tu as donc appartenu à l'Opération Archimède?

— Pendant trois ans. Mon mandat était de recruter des informateurs dans les collèges et les universités pour renseigner la GRC sur les idées gauchistes, marxistes-léninistes et autres qui circulaient à l'époque et qui risquaient de donner naissance à des mouvements politiques subversifs.

   Le député décapité

J'ai pensé à contacter mon filleul, ton fils André, pour qu'il devienne informateur. Il étudiait à ce moment-là au CÉGEP de Sherbrooke…

— Il a accepté ?

— André a fait partie de l'Opération Archimède, tout comme sa petite amie Liette. Le soir de la mort de ton fils, Liette et lui avaient accepté à la dernière minute de s'infiltrer parmi un groupe de jeunes voyous qui avaient organisé un party dans une église protestante désaffectée près de Chesterville. Selon nos sources, certains de ces jeunes-là avaient acheté des armes illégalement et prévoyaient s'en servir pour faire un coup d'éclat politique lors de la visite d'un ministre fédéral à Sherbrooke. Malheureusement, tu sais comme moi ce qui est arrivé…

— André est mort d'une *overdose* de pilules pour le cœur. Les jeunes pigeaient là-dedans comme dans un plat de Smarties ! se remémore Dubuc.

— C'est la version officielle.

— Tu en connais une autre ? demande soudain Dubuc.

Antoine garde la tête baissée.

— Pourquoi m'avoir caché si longtemps que tu avais recruté mon fils ? demande Dubuc. Pourquoi n'as-tu pas assisté à ses funérailles ?

— Peut-être parce que je me suis toujours senti un peu responsable de sa mort…

* *

*

En arrivant au bureau mercredi, Dubuc est étonné du brouhaha incessant. Dehors, les gyrophares de plusieurs auto-patrouilles sont allumés et plusieurs officiers entrent et sortent du poste de police. Dans la grande salle, Bérubé gesticule nerveusement en donnant des ordres à une dizaine de policiers et de détectives autour de lui. Dubuc reconnaît des collègues venus de Sherbrooke et d'ailleurs.

Il s'informe auprès d'un jeune patrouilleur.

– Tanguay a disparu. Bérubé a lancé une vaste opération de recherche. On a retrouvé son camion dans le stationnement de l'hôtel Impérial, mais aucune trace de lui.

Un quart d'heure plus tard, lorsque les ordres ont été donnés et que les policiers sont lancés sur la piste de Tanguay, Bérubé se réfugie dans son bureau. Dubuc le rejoint et ferme la porte derrière lui. Son patron est visiblement très secoué. Il a le visage hagard et passe constamment la main dans sa chevelure grise, dépassé par la tournure des événements.

Les deux hommes se regardent. Ils ont travaillé ensemble. Ils ont risqué leur vie ensemble. Mais à cet instant précis, lorsqu'ils s'observent, ils savent que leur passé commun ne compte plus. Ce sont deux hommes désemparés : l'un par ce qu'il a fait et l'autre par ce qu'il a découvert...

– L'Opération Archimède est un échec ! lance Bérubé.

– Oublie Archimède ! rétorque Dubuc. Elle a été démantelée il y a cinq ans ! Toi et Tanguay l'avez ressuscitée pour justifier les meurtres que vous avez commis. Des gens innocents de tout crime ont été éliminés parce qu'ils représentaient une soi-disant « menace » pour des personnages haut placés !

L'autre le regarde farouchement.

     Le député décapité

— C'est faux, l'Opération Archimède existe toujours! T'as rien sur moi, Dubuc.

— Juste une série de preuves circonstancielles qui pourraient devenir très accablantes.

— Comme quoi?

— La bouteille de vin retrouvée dans la poubelle de l'appartement de Daniela après sa mort. Un Beaujolais français Albert Bichot 2008. En plein ta marque, si je me souviens bien...

— Ça ne prouve absolument rien.

Dubuc est d'accord.

— Mais c'est une drôle de coïncidence, surtout que le meurtrier a pris soin de rincer les deux verres dans le lave-vaisselle avant de repartir. C'est tout ce qu'il y avait dans le lave-vaisselle! Ah, j'oubliais le chien...

— Quel chien? s'étonne Bérubé.

— Choupette, le Poméranien de Daniela. Tu as toujours été allergique au poil d'animal. Quand je suis arrivé chez Daniela, il était dans le corridor et grattait la porte sans arrêt pour entrer. Évidemment, rien non plus pour t'envoyer en prison. Mais comme pour la bouteille de vin, je sais que t'es passé par là avant moi, Bérubé. Je sais que t'étais dans l'appartement de Daniela le jour de sa mort. Je te colle après, mon vieux, je te colle après...

— C'est vrai, j'ai rendu visite à Daniela le jour de sa mort. Mais quand j'ai quitté son appartement, elle était encore vivante...

Dubuc sort son carnet de notes et le feuillette rapidement.

— J'en doute beaucoup. D'après le coroner, la mort de Daniela est survenue entre 11 h et midi ce jour-là. Sur la caméra de sécurité de l'immeuble, on te voit entrer à 11 h 12 par l'escalier de service et ressortir à 11 h 57, soit 45 minutes plus tard. C'est amplement suffisant pour prendre un verre de vin avec Daniela, l'électrocuter dans son bain, rincer les deux verres, mettre la bouteille de vin à la poubelle et repartir après avoir mis en marche le lave-vaisselle !

À court d'arguments, Bérubé tambourine nerveusement avec les doigts sur son bureau.

— Je t'ai déjà raconté que Daniela a capoté après la mort du député Plamondon, J'avais été son point de contact pendant l'opération, mais elle a complètement cessé de retourner mes appels. Elle m'ignorait en fait.

— Tu as décidé d'aller la voir chez elle ?

— On a pris un verre ensemble. Je me suis rendu compte que Daniela était devenue instable au point de représenter un danger pour notre organisation. Elle menaçait de dévoiler nos opérations et on ne pouvait pas permettre ça. Lorsqu'elle m'a mis à la porte, je suis parti. Mais comme j'avais un double de sa clé d'appartement, je suis revenu. Elle prenait un bain. Je lui ai ordonné de se taire. Quand elle a refusé de m'écouter, j'ai lancé son séchoir à cheveux dans l'eau. Elle est morte électrocutée sur le coup. Ceci dit, tu ne trouveras personne pour corroborer cette version des faits…

— Je sais, crâne Dubuc. Les ordres sont « venus d'en haut », c'est ça ?

— L'Opération Archimède a bel et bien été officiellement démantelée il y a cinq ans, mais en réalité, une « cellule spéciale » est restée active pour exécuter certaines missions particulières…

Dubuc lui pose une question qui lui brûle les lèvres depuis quelques semaines.

     Le député décapité

— Est-ce que ce sont les ordres « venus d'en haut » qui ont tout fait pour m'écarter de l'enquête sur la mort du député Plamondon ?

Bérubé confirme. Pour Dubuc, tout s'éclaire maintenant :

— Ça explique aussi que tu aies recruté Liette Bardois à la prison pour femmes de Joliette. Vous vous connaissiez depuis l'époque où elle a appartenu elle aussi à l'Opération Archimède. Tu l'as embauchée pour qu'elle tente de me convaincre de prendre ma retraite et d'adopter le petit Jérémie. Quand je lui ai montré ta photo de nouveau patron de la SQ dans le journal, elle t'a reconnu tout de suite !

— Comprends donc que je l'ai fait pour te forcer la main, Dubuc ! Pour que tu la prennes enfin, ta retraite, au lieu de t'accrocher à ta job !

Mais loin d'y voir une intention louable, le policier ajoute :

— Pour la même raison, tu as tenté de briser ma collaboration de longue date avec Lucien Langlois, en le faisant accuser de conduite en état d'ébriété. Le pauvre gars boit seulement de l'eau minérale, mais il avait une fois et demie la limite d'alcool dans le sang lorsqu'on l'a arrêté en sortant du party ! C'est évident qu'on a versé une substance illégale dans son verre pendant la soirée.

Bérubé a le visage démoli. Dubuc sent le remords qui l'accable.

— Dis-moi, la disparition du dossier de Daniela à l'agence de rencontres et celui du petit Jérémie à l'orphelinat, c'était aussi ton sale travail ?

Il fait signe que oui. Lorsqu'il sent que Bérubé n'en dira pas davantage, Dubuc sort de sa poche un petit magnétophone.

— Tout est là-dessus. Ta confession pour le meurtre de Daniela, que je vais remettre au commandant régional de la SQ.

— Fais pas ça, Dubuc! On se connaît depuis 30 ans! s'exclame Bérubé en le suppliant.

L'autre se lève pour sortir du bureau. Il se retourne au dernier instant.

— Tu peux dire *adios!* à ta carrière de policier, mon vieux!

* *

*

Le vendredi matin, Dubuc voit arriver au bureau le patron Marcel Simard, de retour de son congé temporaire à la suite du coma dans lequel était plongée sa femme après l'accident d'auto.

— Comment va Aline?

— Beaucoup mieux. Elle est sortie du coma et réapprend lentement à se déplacer.

— Content de savoir que tu reprends tes fonctions, Marcel! lance Dubuc. Dis-moi qu'est-ce qui va arriver à Bérubé?

— Mais de quoi parles-tu? demande Simard avec étonnement.

— Tu n'es pas au courant? Bout de chandelle, Bérubé a avoué sa responsabilité dans la mort de Daniela Harvey. C'était sur la cassette de l'enregistrement que j'ai déposée moi-même sur le bureau de la direction régionale il y a deux jours!

— Personne n'a reçu l'enregistrement dont tu parles. Dans sa déposition initiale, Bérubé avait admis que la victime avait déjà collaboré à l'Opération Archimède, mais c'est tout.

— Mais Bérubé l'a électrocutée dans sa baignoire ! s'exclame Dubuc, qui sent sa pression grimper en flèche.

Simard tente de conserver son calme.

— Écoute Roméo, on n'a trouvé aucun indice sur les lieux du crime permettant d'incriminer Bérubé de quelque façon que ce soit. Tu le sais très bien, c'était toi l'enquêteur !

— Tu sais bien que Bérubé est trop habile pour laisser des indices ! lance Dubuc. Malgré tout, j'ai réussi à le coincer avec deux preuves circonstancielles : une bouteille de vin vide et un chien qui jappait dans le corridor. Ensuite, il a tout avoué, c'était sur la cassette !

— Je veux bien croire à ton histoire, Roméo, mais en ce qui concerne la direction régionale, l'enquête entourant la mort du député Plamondon est maintenant une affaire classée. Sauf pour l'argent, évidemment, les fameux 250 000 $ qui n'ont jamais été retrouvés.

— Évidemment, répète Dubuc d'un air consterné.

*　*

*

En début d'après-midi ce jour-là, un camion de livraison quitte le centre-ville de Sherbrooke. Dans le secteur défavorisé où il s'aventure, les rails de chemin de fer semblent être les seuls vestiges de la vie qui animait jadis ce quartier. Lorsque le camion s'approche d'un ancien quadruplex converti en orphelinat, une bande d'adolescents jouant dans la cour crient en voyant le véhicule reculer vers l'immeuble.

– Ti-Guy, on a de la visite !

Le directeur Jean-Guy Angers sort dans la cour et observe la manœuvre. Les deux livreurs ouvrent le panneau arrière et commencent à décharger des meubles de bureau. Le directeur va à leur rencontre.

– Hé, minute les gars, vous faites erreur ! Vous êtes au Centre jeunesse Nouveau Départ. C'est un orphelinat ici. On n'a jamais commandé des beaux meubles comme ça.

Le livreur consulte sa feuille de route.

– Pas de problème. C'est la bonne adresse et la marchandise est déjà payée.

– Par qui ?

– C'est pas écrit sur ma feuille.

– Bon, si c'est gratuit, alors on va l'accepter !

Une demi-heure plus tard, l'impression de dénuement du bureau de l'orphelinat est chose du passé : la table branlante a été remplacée par un bureau acajou flambant neuf, garni de tiroirs ainsi qu'une belle armoire. Une grande bibliothèque solide pourra aussi accueillir les livres et les magazines qui traînaient un peu partout sur le plancher. Debout dans la pièce, le directeur a peine à croire à sa bonne fortune…

Cependant, en essayant d'ouvrir la porte de la grande armoire, Jean-Guy Angers constate qu'elle est coincée. Après quelques efforts, il parvient à la débloquer et laisse échapper un cri : à l'intérieur, une petite valise grise déborde de billets de banque !

   Le député décapité

À propos de l'auteur

Claude Forand a écrit son premier roman d'aventures à l'âge de 15 ans pour un cours de français au secondaire. *Sur la piste des diamants* n'a jamais été publié, mais lui a donné le goût de poursuivre un jour dans cette voie. Après des études en sciences politiques et en journalisme, il s'est dit que la pratique du journalisme lui permettrait de gagner sa vie et de s'adonner à ce qu'il aimait le plus : l'écriture.

Claude a d'abord travaillé pendant cinq ans dans des journaux hebdomadaires, où il a appris à découvrir les dessous fascinants de la vie dans les petites villes grâce à son arme secrète : une grande curiosité pour tout ce qui l'entoure. Ce qu'il a retenu de ses premières années de pratique journalistique se résume en quelques mots : une langue régionale très colorée, des personnages souvent intrigants, des situations parfois louches...

c'est dans ce matériel inépuisable qu'il revient constamment chercher son inspiration.

Quand il s'est installé à Toronto, le travail de journalisme à la pige l'a occupé pendant une vingtaine d'années, notamment pour des magazines scientifiques, d'affaires et d'économie. Claude a aussi été journaliste à la radio de Radio-Canada (Toronto) pendant sept ans. Au début des années 2000, il s'est réorienté vers la pratique de la traduction, qui l'occupe maintenant à temps plein comme traducteur agréé.

En 1998, Claude a publié son premier recueil de nouvelles *Le perroquet qui fumait la pipe – et autres nouvelles insolites*. L'année suivante paraissait un premier roman, *Le cri du chat*, un polar noir inspiré en partie d'un reportage qu'il avait écrit sur le satanisme et où apparaissait pour la première fois le sergent-détective Roméo Dubuc.

En 2006, Claude ramenait son détective vedette dans un deuxième polar, *Ainsi parle le Saigneur*, dans lequel un fanatique religieux commet des meurtres en série. Après avoir publié en 2009 un autre recueil de nouvelles, *On fait quoi avec le cadavre ?*, Claude fait paraître en 2011 *Un moine trop bavard*, la troisième enquête policière du sergent Roméo Dubuc et de son fidèle comparse, Lucien Langlois.

Après trois polars évoluant sur fond religieux, Claude plonge maintenant les lecteurs dans une quatrième enquête intitulée *Le député décapité*, belle occasion de découvrir un univers d'intrigues, de trafic d'influence et d'argent sale.

14/18

Collection dirigée par Renée Joyal

BÉLANGER, Pierre-Luc. *24 heures de liberté*, 2013.

FORAND, Claude. *Ainsi parle le Saigneur* (polar), 2007.

FORAND, Claude. *On fait quoi avec le cadavre ?* (nouvelles), 2009.

FORAND, Claude. *Un moine trop bavard* (polar), 2011.

FORAND, Claude. *Le député décapité* (polar), 2014.

LAFRAMBOISE, Michèle. *Le projet Ithuriel*, 2012.

LAROCQUE, Jean-Claude et Denis SAUVÉ. *Étienne Brûlé. Le fils de Champlain* (Tome 1), 2010.

LAROCQUE, Jean-Claude et Denis SAUVÉ. *Étienne Brûlé. Le fils des Hurons* (Tome 2), 2010.

LAROCQUE, Jean-Claude et Denis SAUVÉ. *Étienne Brûlé. Le fils sacrifié* (Tome 3), 2011.

LAROCQUE, Jean-Claude et Denis SAUVÉ. *John et le Règlement 17*, 2014.

MALLET-PARENT, Jocelyne. *Le silence de la Restigouche*, 2014.

MARCHILDON, Daniel. *La première guerre de Toronto*, 2010.

OLSEN, K.E. *Élise et Beethoven*, 2014.

PÉRIÈS, Didier. *Mystères à Natagamau. Opération Clandestino*, 2013.

ROYER, Louise. *iPod et minijupe au 18ᵉ siècle*, 2011.

ROYER, Louise. *Culotte et redingote au 21ᵉ siècle*, 2012.

Couverture : © jacomstephens (Shutterstock)
Photographie de l'auteur : Horvath Photography
Maquette et mise en pages : Anne-Marie Berthiaume
Révision : Frèdelin Leroux